SF Said
TITUS TATZ

SF Said
TITUS TATZ

Aus dem Englischen
von Salah Naoura

CARLSEN

1 2 3 07 06 05
Alle deutschen Rechte CARLSEN Verlag GmbH, Hamburg
Originalcopyright: © 2003 by SF Said
Originalverlag: Random House Children's Books, London
Originaltitel: Varjak Paw
Aus dem Englischen von Salah Naoura
Umschlag und Innenillustrationen: © 2003 by Dave McKean
Satz und Herstellung: Steffen Meier
Lithografie: KCS Knauel, Buchholz
Gesetzt aus der Galliard, der Charme und der Typographiction-Bold
Druck und Bindung: Westermann Druck Zwickau GmbH
ISBN 13: 978-3-551-55344-7
ISBN 10: 3-551-55344-0
Printed in Germany

Alle Bücher im Internet unter www.carlsen.de

»Nirgends ist es wie zu Hause.«

Der Zauberer von Oz

Kapitel 1

Der Alte Tatz erzählte eine Geschichte.

Es war eine Jalal-Geschichte, eine der besten. Normalerweise liebte Titus die Geschichten über den berühmten Vorfahren, die sein Großvater immer erzählte: wie Jalal gegen die wildesten Katzenkrieger gekämpft hatte, dass er der mächtigste alle Jäger gewesen war, wie er damals Mesopotamien verlassen hatte und bis in die hintersten Winkel der Erde gereist war, weiter als alle anderen Katzen vor ihm.

Doch an diesem Tag löste die Geschichte des Alten Tatz bei Titus nichts als Unruhe aus. Jalal hatte also ein aufregendes Leben geführt – na und? Er, Titus, würde das niemals tun. Als Jalal starb, wohnte er bereits im Hause der Komtess. Und seither hatten Titus und seine Familie, blaue mesopotamische Kurzhaarkatzen, dort gelebt.

Zu Jalals Zeiten, vor etlichen Generationen, musste das Haus noch hell und voller Leben gewesen sein – jetzt war es verstaubt und überall roch es muffig. Die Fenster waren ständig geschlossen, die Türen abgesperrt. Es gab einen Garten, doch der war von einer hohen Steinmauer umgeben. Jalal war der Letzte gewesen, der sie überwunden hatte. In all den Jahren, die folgten, hatte niemand von Titus' Familie das Haus der Komtess jemals verlassen.

Im Moment war Titus der Einzige, der Jalals Abenteuern lauschte – Vater, Mutter und Tante Juni dösten im spärlichen Licht des späten Nachmittags, das durch die dicken grünlichen Fensterscheiben fiel. Sein älterer Bruder Julius dehnte und streckte seine Muskeln, und seine Kusine Jasmine zupfte an ihrem Halsband herum. Seine Brüder Jay, Jethro und Jerome spielten eines dieser kindischen Kätzchenspiele, deren Sinn Titus noch nie begriffen hatte und an denen er sich ohnehin nicht beteiligen durfte.

Niemand sah zu ihm hinüber; es war die ideale Chance. Er war früher schon im Garten gewesen, aber seine Familie, der es dort nicht gefiel, hatte nie zugelassen, dass er länger draußen blieb.

Verstohlen wie der große Jalal erhob sich Titus und tappte zur Katzenluke hinüber. Er sah den Garten auf der anderen Seite fast schon vor sich, er spürte fast schon, wie die frische Luft ihm durch die Barthaare strich.

Er drückte die Luke auf …

»Titus Tatz!« Es war sein Vater. »Darf ich fragen, wo du hinwillst?«

Titus fuhr herum. Die Geschichte war zu Ende; die anderen waren aufgewacht und hatten ihn entdeckt. Doch diesmal würde er nicht klein beigeben.

»Darf man denn nicht mal in den Garten gehen?«

»Liebling«, sagte seine Mutter und kam herüber, um ihm das Halsband zurechtzuzupfen. »Der Garten ist ein abscheulicher, schmutziger Ort. Und du bist eine Katze mit Stammbaum. Eine reinrassige mesopotamische Kurzhaar blau. Was willst du denn dort draußen?«

Titus ließ seinen Blick durch den Raum schweifen: über die muffigen Möbel, die verschlossenen Schränke, die Vorhänge, an denen er nicht hochklettern durfte. Er war zwar noch nie in seinem Leben woanders gewesen, aber dies hier musste wirklich der langweiligste Ort auf der ganzen Welt sein.

»Jagen«, sagte er. »Sollten wir als Katzen nicht auf die Jagd gehen? In den Geschichten heißt es doch ...«

»Geschichten!«, prustete sein großer Bruder Julius und seine grünen Augen funkelten. Auch Urahn Jalal hatte angeblich grüne Augen gehabt. Jeder in der Familie hatte grüne Augen – nur Titus nicht. »Geschichten sind was für kleine Kätzchen«, höhnte Julius. Kusine Jasmine kicherte. Titus sträubte sich vor Wut das Fell.

»Das mit Jalal ist lange, lange her«, sagte seine Mutter und schniegelte und striegelte Titus' silberblaues Fell wieder glatt, bis er sich ihr entwand. »Außerdem hatte es ja einen guten Grund, dass er sich schließlich hier im Haus der Komtess niederließ. Die Geschichten berichten auch, dass es in der Draußenwelt Monster gibt, riesige Ungeheuer, die man Hunde nennt und die so wild sind, dass selbst die Menschen sich vor ihnen fürchten.« Sie erschauerte. »Nein, wir haben wirklich Glück, dass die Komtess uns liebt und uns hier wohnen lässt.«

»Die Komtess liebt *einige* von uns«, berichtigte Julius. Titus wusste genau, was nun kam; schlimmer noch: Er fürchtete, dass sein Bruder sogar Recht hatte. »Als ich noch ein kleines Kätzchen war«, prahlte Julius, »kam die Komtess jeden Tag zu uns herunter. Sie ließ mich immer auf ihrem Schoß spielen, sie war ganz vernarrt in mich. Aber nun kommt sie nur noch, um uns zu füttern, und manchmal tut sie nicht einmal das. Eigentlich kriegen wir sie kaum noch zu Gesicht – seit dieser seltsam aussehende Titus zur Welt kam!«

Kusine Jasmine kicherte wieder. Diesmal stimmten Jay, Jethro und Jerome mit ein.

»Und das liegt an seinen Augen«, fügte Julius hinzu. »Ihre Farbe signalisiert Gefahr! Eine blaue mesopotamische Kurzhaar, die keine grünen Augen hat! Eine Schande ist das.«

Das reichte. Julius war zwar größer als er, aber Titus konnte sich einfach nicht länger beherrschen. Er baute sich vor Julius auf, wieder mit vor lauter Wut gesträubtem Fell.

»Ich glaube dir nicht«, sagte er. »Du bist ein Lügner.«

»Titus!«, schalt ihn sein Vater. »So redest du nicht mit deinem Bruder!«

»Aber Julius hat ...«

»Jammer, jammer, jammer«, höhnte Julius. »Hört euch den Katzenjammer des armen Kleinen an!«

»Julius, du sollst ihn nicht so oft ärgern«, sagte Vater Tatz. »Die Komtess bleibt oben, weil sie krank ist, weiter nichts. Aber, Titus, du musst lernen, wie man sich als blaue mesopotamische Kurzhaar anständig benimmt. Wir sind Katzen von edler Herkunft, ganz besondere Katzen. Wir bezeichnen andere nicht als Lügner. Wir reden nicht über ekelhafte Dinge wie die Jagd. Und wir machen uns unsere Pfoten nicht im Garten schmutzig. Diese Dinge gehören *nicht* zum Benehmen einer blauen Kurzhaar. Hast du verstanden?«

Titus' Schwanz rollte sich ein. Es war immer dasselbe. Julius kam jedes Mal ungestraft davon, er dagegen machte immer alles falsch.

»Dein Vater spricht mit dir!«, sagte Tante Juni streng. »Hast du verstanden?«

Titus starrte schweigend auf den kalten Steinboden. Er wusste nichts zu erwidern.

»Na gut«, sagte Vater Tatz. »Wie du willst. Aber bis du gelernt hast, dich wie eine blaue Kurzhaar zu benehmen, gibt es kein Abendessen für dich.« Er leckte sich das Maul und wandte sich an die anderen. »Kommt, wir gehen essen.«

Sie liefen den Korridor hinunter Richtung Küche und ließen Titus in der Empfangshalle zwischen Haustür und Treppe zurück. Als Letzter ging der Alte Tatz, das Familienoberhaupt.

»Ärgere dich nicht, Titus«, flüsterte er, damit es sonst niemand hörte. »Heute Abend erzähle ich dir eine andere Jalal-

Geschichte – eine über seinen größten Kampf.« Er zwinkerte ihm zu, dann gesellte er sich zu den anderen.

Das war immerhin ein kleiner Trost. Auch wenn die Geschichten Titus in Unruhe versetzten, er liebte sie. Für ihn waren sie die größten Abenteuer in diesem Haus. Er betrachtete die alte Holztreppe mit dem staubigen Läufer auf den Stufen. Jetzt, da die Komtess krank war, durften die Katzen nicht zu ihr nach oben. Ihre Tür war stets geschlossen.

So war es im ganzen Haus. Niemand kam herein und niemand ging hinaus. Nie geschah irgendetwas Neues oder Aufregendes. Es war das langweiligste Leben, das eine Katze nur führen konnte.

Knaaaaaaarrrrrr.

Plötzlich öffnete sich die Haustür. Ein Windstoß fuhr herein und wirbelte den Staub auf. Titus' Fell stellte sich auf.

Klick, KLACK!

Zwei glänzende Schuhe, jeder so groß wie eine Katze, kamen zur Tür herein.

Sein Herz raste. Er legte den Kopf zurück und seine Augen folgten der Linie oberhalb der Schuhe, entlang den beiden Beinen, noch weiter hinauf, bis er riesige weiße Hände erblickte, groß genug, um seinen ganzen Körper zu packen, stark genug, um ihm das Genick zu brechen.

Er musste den Kopf noch weiter zurücklegen, bis ihm der Nacken wehtat, dann erst sah er das Gesicht. Es war ein Mann, den Titus nie zuvor gesehen hatte. Unter seiner hohen Stirn lagen die Augen kaum sichtbar in ihren Höhlen, doch

im schummerigen Halbdunkel war der feuchte Glanz seiner roten wulstigen Lippen zu erkennen.

Die Lippen verzogen und öffneten sich und heraus tönte eine Stimme wie Donnergrollen, hoch oben über Titus' Kopf. Der Mann betrat die Empfangshalle.

Titus wurde schwindelig. Er senkte den Kopf. Neben den glänzenden schwarzen Schuhen des Mannes schritten stolz zwei geschmeidige schwarze Katzen in das Haus. Sie waren ganz anders als blaue mesopotamische Kurzhaar. Sie wirkten viel größer und stärker, sogar im Vergleich zu Vater Tatz oder Julius, und ihre Art, sich zu bewegen, hatte irgendetwas Erschreckendes. Als wären sie zwei Hälften einer einzigen Katze, die perfekt zusammenarbeiteten. Zu perfekt. Titus ließ seinen Blick zwischen den beiden hin- und herwandern, doch er konnte sie nicht unterscheiden.

Sie kamen direkt auf ihn zu und blickten mit völlig identischen Augen auf ihn herunter, Augen, die ebenso glatt und schwarz waren wie ihr Fell. Titus erschauerte.

»Wer seid ihr?«, fragte er. Ihr Augen verrieten mit keinem Zucken, dass sie ihn verstanden hatten, zeigten keinerlei Regung, nichts. Die beiden drängten ihn einfach beiseite, als wäre er gar nicht da, und nahmen zu beiden Seiten der Treppe Aufstellung.

Im nächsten Moment betraten noch mehr Männer das Haus und ihre glänzenden schwarzen Schuhe klapperten einer nach dem anderen an Titus vorbei – mehr konnte er von ihnen nicht erkennen. Er stand da wie angewurzelt, seine Gedanken überschlugen sich, während er beobachtete, wie die Riesen an den schwarzen Katzen vorbei die Treppe emporstiegen ... und den Raum betraten, der für ihn und seine Familie tabu war!

Kapitel 2

Was nun? Dinge dieser Art kamen im Haus der Komtess normalerweise nicht vor.

Er musste den anderen Bescheid sagen. Sie würden wissen, was zu tun war.

Titus sauste den Korridor hinunter. Er spürte, wie ihn zwei identische schwarze Augenpaare beobachteten – aber die Katzen folgten ihm nicht. Sie blieben an der Treppe, bewachten weiterhin den Aufgang.

Angst und Verwirrung durchfuhren Titus, als er um die Ecke bog. Er rannte zur Küche, so schnell er konnte, schneller noch. Wer waren diese Katzen? Wer waren die Männer? Was wollten sie?

Schlitternd bremste er an der Küche ab und blieb zögernd an der Tür stehen. Hier wirkte alles so normal. Die ganze Familie war dort drinnen versammelt. Sie aßen zu Abend, schleckten und schlabberten in Reih und Glied aus nebeneinander aufgestellten Porzellanschälchen: Schälchen mit Futter, Schälchen mit Wasser, runde weiße Untertassen mit Vollmilch.

Er betrachtete sie und kam sich wie ein Fremder vor. Sie wirkten so würdevoll, mit ihrem perfekt gestriegelten silberblauen Fell, ihren grünen Augen, ihren blitzblanken kleinen Halsbändern.

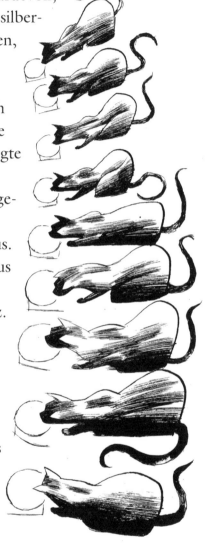

»Du hast also beschlossen, dich von nun an wie eine anständige blaue Kurzhaar zu benehmen«, sagte sein Vater. »Ausgezeichnet.«

»Hast du dir auch die Pfoten gewaschen?«, fragte seine Mutter.

»Da sind Katzen!«, rief Titus. »Es sind schwarze Katzen im Haus und sie ...«

»Titus ...«, mahnte Mutter Tatz.

»... sind zusammen mit einem Mann gekommen.«

»Titus!«, warnte Vater Tatz.

»Er ist raufgegangen, ins Zimmer der Komtess!«

In der Küche wurde es still. Das Schlecken und Schlabbern hörte auf. Alle sahen ihn an wie ein einziges vorwurfsvolles grünes Auge.

»Ich verstehe ihn einfach nicht«, murmelte Vater Tatz. »Warum kann er nicht so sein wie jede andere Katze?«

»Du hast dir doch bestimmt nicht die Pfoten gewaschen, Liebling, oder?«, sagte Mutter Tatz. Sie kam zu Titus herüber und begann ihm die Pfoten zu striegeln.

Titus biss sich auf die Zunge. Niemand glaubte ihm, wenn er etwas sagte. Es war einfach ungerecht. Inmitten seiner Familie kam er sich vor wie ein völlig Fremder.

»Komm und iss mit uns«, sagte Kusine Jasmine. »Das Futter schmeckt ganz wunderbar.« Ihre Stimme klang kühl und glatt, wie Milch am Morgen.

»Ich möchte nichts essen«, versuchte Titus zu erklären. »Es sind schwarze Katzen im Haus …«

»Pah, wen kümmert es, was der kleine Jammerkater tut«, sagte Julius. »*Ich* übernehme sein Futter! Man muss ordentlich essen, wenn man Muskeln bekommen will.« Julius blies sich auf und stürzte sich auf Titus' Schälchen. Jasmine war beeindruckt.

»Hast du gehört, Titus?«, sagte Vater Tatz stolz. »Julius ist eine blaue Kurzhaar, wie es sich gehört.«

Titus sträubte sich das Fell. Julius war vielleicht der Held der Familie, er aber wusste etwas, was kein anderer wusste, etwas Wichtiges. Was sollte er nur tun, damit sie ihm glaubten?

»Bei Jalal, ich schwöre, dass es wahr ist«, beharrte er. »Die Katzen bewachen gerade die Treppe. Ich habe ihnen in die Augen gesehen.« Er erschauderte. »Sie sind pechschwarz.«

»Es reicht!«, brüllte sein Vater. »Genug von diesen … diesen Geschichten!« Er stieß das Wort »Geschichten« aus, als wäre es etwas geradezu Abscheuliches.

»Tja, aber manche Geschichten sind wahr«, sagte der Alte Tatz leise. »Warum zeigst du sie uns nicht, Titus? Bring uns zu den Katzen.«

Vater Tatz warf dem Alten einen bösen Blick zu, aber er sagte nichts. Das Familienoberhaupt hatte immer das letzte Wort. Titus' Großvater wurde langsam alt. Sein schönes Fell war fast ganz silbern und in letzter Zeit sprach er nur noch selten ein Machtwort; doch wenn er es tat, hörte jeder auf ihn.

Mit aufgeregtem Magengrummeln führte Titus sie den Korridor entlang. Er bog gerade noch rechtzeitig um die Ecke, um undeutlich eine Bewegung am Eingang wahrzunehmen. Der Fremde hielt den anderen die Tür auf. Sie trugen etwas aus dem Haus. Zu ihren Füßen huschten zwei schwarze Schwanzenden hinaus ins Freie.

Der Mann schloss die Tür hinter ihnen im selben Moment, als der Rest der Familie Tatz die Empfangshalle betrat. Sie hatten weder die anderen Männer noch die schwarzen Katzen gesehen. Alles, was sie sahen, war der Fremde.

»Es ist doch bloß ein Herr«, sagte Mutter Tatz.

»Als wir noch kleine Kätzchen waren«, sagte Tante Juni, »kamen jeden Tag irgendwelche Damen und Herren hierher, daran erinnere ich mich. Die Komtess hatte ständig Besuch.«

Sie blickten die Treppe hinauf. Die Tür zum Zimmer der Komtess stand sperrangelweit offen.

Aber in ihrem Zimmer war niemand. Es war leer.

Überraschung machte sich breit. Unsicher, was sie denken sollten, blickten alle zu dem fremden Mann hinauf –

alle, außer dem Alten Tatz, der wirkte, als versuchte er sich an irgendetwas zu erinnern.

Der Fremde deutete nach oben zum Zimmer der Komtess und sagte etwas mit einer Stimme, die wie Donnergrollen klang. Dann ging er in die Hocke, um mit ihnen ungefähr auf gleicher Höhe zu sein. Seine feuchten roten Lippen lächelten einen nach dem anderen an.

Titus blickte nervös zur Haustür hinüber. Die schwarzen Katzen waren nicht zurückgekehrt. Hoffentlich würde das auch so bleiben.

Mit einer ausladenden Handbewegung holte der Fremde etwas aus seiner Tasche hervor. Er hielt es den Katzen mit seiner wachsbleichen Hand hin und raunte ihnen etwas zu. Neugierig rückten alle ein wenig näher, um es zu betrachten.

Es war eine Spielzeugmaus.

Klein, grau, ein Fellknäuel: Sie war rundum perfekt, in jedem Detail so echt, dass sie fast wie eine lebendige Maus wirkte.

Der Mann legte sie direkt vor ihnen auf den Boden. Titus beschnupperte die Maus und stellte überrascht fest, dass sie sogar echt roch. Ein Kribbeln lief ihm über den Rücken. Er hatte immer schon davon geträumt, eine Maus zu jagen.

»Lass mich mal sehen«, sagte sein Vater. Er untersuchte das Spielzeug. »Erstaunlich«, schnurrte er und kickte sie hinüber zu Julius. Julius schnippte die Maus elegant durch die Luft, hinüber zu Jay, der zu Jethro, der zu Jerome. Sie kicherten. Titus fragte sich, ob er sie wohl wieder zurückbekommen würde. Wahrscheinlich nicht.

»Was für ein schönes Spielzeug«, sagte Mutter Tatz.

»Das beste Geschenk, das wir je bekommen haben«, flötete Jasmine.

Der Mann lächelte und erhob sich zu seiner vollen Größe. Er bedeutete ihnen mit einem Wink ihm zu folgen, während seine glänzend schwarzen Schuhe sich klackernd Richtung Küche bewegten. Jay, Jethro und Jerome sausten hinterher, um als Erste bei ihm zu sein.

In der Küche füllte der Mann mit einem Löffel etwas in ihre Schälchen, eine ölige schwarze Paste, die heftig nach Fisch roch. Titus' Nase verzog sich.

»Igitt!«, sagte er.

»Das ist Kaviar«, flüsterte seine Mutter. »Das seltenste, teuerste Futter der Welt.«

»Solche Leckereien bekommen nur die edelsten Rassekatzen«, schnurrte Vater Tatz. »Dieser Herr weiß, wie wichtig wir sind.«

Der Fremde stellte die Schälchen gut gefüllt wieder auf den Küchenboden und blickte sie erwartungsvoll an. Seine roten Lippen schimmerten, als die Katzen den Kaviar zu beschnuppern begannen. Er nickte, machte kehrt und verließ die Küche, wobei er die ganze Zeit lächelte.

»Was sollte das ganze Theater, Titus?«, sagte Vater Tatz, kaum dass der Fremde fort war. »Und dieser Unsinn von den schwarzen Katzen …«

»Ich berufe den Familienrat ein«, unterbrach ihn der Alte Tatz. »*Sofort*. Jeder hat an der Sitzung teilzunehmen, auch die Kleinen.«

»Aber Alter Tatz«, protestierte Titus' Vater mit einem Blick auf die Kaviarschälchen. »Der Familienrat wird doch nur in Notlagen einberufen. Er …«

»Sofort«, wiederholte der Alte Tatz. »Im Vorderzimmer.«

Der Alte Tatz schritt von dannen. Titus blickte seinem Vater ängstlich ins Gesicht. Seine Miene war verzerrt vor sprachloser Wut.

Kapitel 3

»Die Sitzung des Familienrates ist hiermit eröffnet«, verkündete der Alte Tatz über den Tumult hinweg, der im Vorderzimmer herrschte.

Mutter, Vater und Tante Juni tuschelten, eng aneinander geschmiegt auf einem Teppich, der schon so alt und verblasst war, dass sein Muster nicht mehr zu erkennen war. Hinter ihnen saßen Jasmine und Julius und nickten ernst, als wären sie auch schon erwachsene Katzen. Jay, Jethro und Jerome kämpften um die Spielzeugmaus und versuchten sich gegenseitig in die Flammen zu schubsen, die im alten Kamin loderten.

Bei den Worten des Alten Tatz setzten sie sich alle hin. Titus saß still und allein ein Stück weiter hinten, doch innerlich bebte er vor Aufregung. Es war die erste Familienratssitzung, an der er teilnahm.

Der Alte Tatz thronte auf dem alten Samtsessel der Komtess und begann zu sprechen: »Die Familiengeschichten erzählen, dass unser Urahn Jalal, nachdem er Mesopotamien verlassen hatte, viele Jahre lang durch die Welt wanderte, ehe er sein Zuhause bei der Komtess fand. Seither haben Generationen der Familie Tatz in diesem Haus gelebt. Aber diese Zeit scheint nun vorbei zu sein. Ich glaube, dass die Komtess gestorben ist.«

Die älteren Katzen rangen überrascht nach Luft, warfen sich fragende Blicke zu und schüttelten die Köpfe. Im Kamin knackte laut ein Holzscheit.

Der Alte Tatz wartete ab, bis sich alle beruhigt hatten, dann fuhr er fort: »In letzter Zeit hat sie nur selten ihr Zimmer verlassen, nur um uns zu füttern und den Kamin zu heizen. Unser letzter Wurf – Titus, Jay, Jethro und Jerome – hat sie kaum zu Gesicht bekommen. Sie wissen nicht einmal richtig, wie sie aussieht. Die Komtess würde das nur in Kauf nehmen, wenn sie krank wäre, sehr krank. Und dann taucht plötzlich dieser Mann auf. Was wir heute gesehen haben, bestätigt meine Befürchtungen. Die Komtess ist nicht mehr da.«

»Ja, sie ist bestimmt irgendwo hingegangen«, sagte Vater Tatz. »Und ich bin sicher, dass sie wiederkommen wird. Und in der Zwischenzeit kümmert sich ihr Freund, der nette Herr, um uns.«

»Er ist nicht ihr Freund«, erwiderte der Alte Tatz. »Ich erinnere mich an ihn. Er kam vor Jahren in dieses Haus, lange bevor ihr alle geboren wurdet. Er und die Komtess hatten einen furchtbaren Streit. Er wollte uns von hier fortbringen, aber sie erlaubte es ihm nicht. Und schließlich warf sie ihn unter lautem Geschrei hinaus.«

Einen Moment lang herrschte Stille. Titus sah, wie die grünen Augen seines Vaters in der Dunkelheit glühten. Das knisternde, flackernde Kaminfeuer war die einzige Lichtquelle im ganzen Raum.

»Das ist doch absurd«, sagte Tante Juni und leckte sich in aller Seelenruhe ihre dicken Pfoten. »Wir sind reinrassige blaue mesopotamische Kurzhaarkatzen, die edelsten Katzen, die es gibt. Uns kann doch nichts Schlimmes zustoßen!«

»Es ist leichtfertig, die Kleinen so zu erschrecken«, sagte Mutter Tatz ärgerlich. »Sie sind doch noch so jung und viel zu leicht zu beeindrucken, um etwas derartig Ernstes zu begreifen. Jetzt kriegen sie bestimmt Albträume!«

»Ganz recht.« Vater Tatz machte einen Buckel und erhob sich. »Ich sehe nicht, wo das Problem liegt. Der Mann gibt uns besseres Futter, als es die Komtess je getan hat ...«

»Aber warum ist er so nett zu uns?«, gab der Alte Tatz zu bedenken. »Edles Futter, Geschenke ... das alles ist einfach zu schön, um wahr zu sein. Und was ist mit diesen schwarzen Katzen, die Titus so erschreckt haben?«

»Titus und seine Geschichten sind uns allen hinreichend bekannt«, sagte Vater Tatz. »Nein, ich sehe keinen Grund zur Sorge. Ich glaube nicht an diese Katzen, ich glaube nicht, dass die Komtess tot ist, und ich glaube auch nicht, dass dieser Mann derselbe ist, an den der Alte Tatz sich erinnert. Offenbar macht ihn sein Alter langsam wirr im Kopf!«

Im Zimmer war zustimmendes Gemurmel zu hören. Titus hielt es einfach nicht mehr aus. Er musste etwas sagen.

»Ich habe gesehen, wie die Männer etwas hinaustrugen! Es könnte die Komtess gewesen sein ...«

»Titus!«, zischte seine Mutter. »Das ist jetzt aber wirklich abscheulich!« Sie wandte sich an den Alten Tatz. »Da siehst du, was du angerichtet hast!«

»Aber es ist wahr!«, sagte Titus. »Und das mit den schwarzen Katzen auch! Sie sind ...«

»Sei still, du kleiner Idiot!«, fauchte Julius. »Wir sind die einzigen Katzen im Haus der Komtess. Und das hier ist eine Angelegenheit der Erwachsenen, kein Märchen für kleine Katzen!«

Alle begannen durcheinander zu schreien, während die Flammen im Kamin immer lauter und höher loderten.

»Hört mir zu!«, rief der Alte Tatz, der sich alle Mühe gab, die Ruhe wiederherzustellen. »Wir brauchen einen wohl überlegten Plan. Wenn sich die Dinge hier im Haus ändern, müssen wir in die Draußenwelt gehen.«

»Alter Tatz!«, rief Titus' Mutter. »Was ist denn das für ein Gedanke? Jeder weiß doch, dass es in der Draußenwelt von Ungeheuern nur so wimmelt! Hier sind wir wenigstens vor den Hunden sicher!«

»Wir wissen doch nicht mal, was Hunde eigentlich sind«,

sagte der Alte Tatz. »Dieses Haus hier ist die einzige Welt, die wir kennen.«

»Dieses Haus hier ist die einzige Welt, die wir brauchen«, sagte Tante Juni. »Der Komtess geht es gut. Alles wird so weitergehen wie bisher.«

»So hört mir doch zu!«, flehte der Alte Tatz. Er sprang vom Sessel herunter und stellte sich in die Mitte des Zimmers.

Vater Tatz trat ihm entgegen. »Nein. Jetzt hörst du mir mal zu.« Sein Fell sträubte sich. »Vielleicht ist es an der Zeit, dass ein anderer hier in der Familie die Entscheidungen trifft.«

Im ganzen Zimmer wurde es totenstill, nur das heftig lodernde Kaminfeuer war noch zu hören. Schockiert von dem, was er sah, aber unfähig wegzusehen, starrte Titus die beiden an. Die anderen taten es ebenfalls.

Vater Tatz begann den Alten zu umkreisen, drohend und ohne ein Wort. Er entblößte seine Zähne. Und er wirkte doppelt so groß und doppelt so wild wie sonst. Im Schein des Kaminfeuers fiel sein tanzender Schatten auf den Alten Tatz. Er fauchte zischend und machte ein paar Schritte vorwärts.

Der Alte Tatz wich zurück. Plötzlich wirkte er müde und alt, sehr alt, wie der abgewetzte Teppich, auf dem er stand. »Ich sage doch nur, dass wir uns überlegen sollten …«

»Es reicht!«, fuhr Vater Tatz ihn an. »Diese Sitzung ist beendet.« Er drehte sich zu den anderen um. »Wir gehen.«

Zustimmendes Gemurmel war zu hören. Titus' Kehle fühlte sich an wie ausgetrocknet. Gerade noch hatte der Alte Tatz das Sagen gehabt, nun war plötzlich alles vorbei.

»Wir sind reinrassige blaue mesopotamische Kurzhaarkatzen«, sagte der Alte Tatz mit erstickter Stimme. »Die Nachfahren von Jalal. Sind wir inzwischen so weit gesunken?«

»Die Sitzung«, fauchte Vater Tatz, »ist beendet!«

Kapitel 4

Kaum hatten die Erwachsenen den Raum verlassen, nahm Julius sich Titus vor.

»Ich weiß, warum die Komtess nicht hier ist«, sagte er und bohrte dabei eine Kralle in die Spielzeugmaus. »Weil sie es nicht aushält, in Titus' Augen zu sehen.«

Jasmine, Jay, Jethro und Jerome pflichteten ihm alle bei, niemand hielt zu Titus. Er war allein und der leere Samtsessel der Komtess versperrte ihm den Rückzug.

»Armer Titus«, sagte Kusine Jasmine, doch dabei lächelte sie spöttisch. »Warum hackst du immer so auf ihm herum? Ich bin sicher, dass er viel lieber grüne Augen hätte, so wie alle anderen auch!«

»Aber seine sind anders«, sagte Jay.

»Sie haben die Farbe der Gefahr«, fügte Jethro hinzu.

»Er ist keiner von uns«, schloss Jerome.

Titus beachtete sie gar nicht. Er sah sie nicht einmal an, sondern starrte stattdessen ins Feuer. »Die Komtess ist nicht hier, weil sie wahrscheinlich tot ist. Habt ihr denn nicht gehört, was der Alte Tatz gesagt hat?«

»Es reicht, Winzling!«, fauchte Julius. »Dich hat niemand gefragt. Was fällt dir ein, in einer Familienratssitzung etwas zu sagen? Du bist eine Schande für Jalal!«

Sein Schwanz peitschte drohend den Teppich. Langsam hob Titus den Kopf und sah seinem Bruder in die Augen. Auch sein Schwanz begann auf den Teppich zu schlagen.

»Willst du mir damit etwa Angst einjagen?«, höhnte Julius. Er baute sich vor ihm auf. Seine Krallen traten hervor. Die von Titus ebenfalls.

»Kämpft! Kämpft! Kämpft!« Jay, Jethro und Jerome umringten die beiden. Jasmine schaute aus einiger Entfernung zu und putzte dabei ihr silberblaues Fell.

Titus zitterte innerlich, doch er ließ sich nichts anmerken, er wich nicht zurück. Er hatte noch nie richtig gekämpft und wusste, dass er Julius an Kraft unterlegen war – aber irgendetwas in ihm begann sich zu regen, etwas Archaisches und Starkes, das tief in ihm geschlummert hatte. Für wen hielt Julius sich eigentlich?

»Julius, mein Lieber, er ist nur ein kleines Kätzchen«, gurrte Jasmine mit ihrer Milch-am-Morgen-Stimme.

»Nicht mal eine echte blaue mesopotamische Kurzhaar ist er«, sagte Julius. Seine grünen Augen starrten Titus vernichtend an. Die Pupillen waren schmale Schlitze, aus denen Verachtung sprach, die Titus verspotteten, ihn herausforderten, den Anfang zu machen.

Titus brachte es einfach nicht fertig. Er konnte nicht einmal diesem Blick standhalten – Julius war zu stark, zu selbstsicher. Was auch immer er in sich gespürt hatte, das Gefühl war verschwunden. Er wandte sich ab und gab nach.

Es war vorüber.

Julius hatte ihn mit einem einzigen Blick bezwungen, so wie sein Vater den Alten Tatz besiegt hatte. Das Feuer im Kamin flackerte ein letztes Mal auf und erlosch.

»Du bist der Grund für all unseren Ärger«, sagte Julius. »Entschuldige dich für das, was du getan hast!«

»Es tut mir Leid«, sagte Titus mit rauer Stimme. Die Worte fühlten sich an wie heiße Kohlen.

»Und tu das nie wieder – sonst breche ich dir jeden Knochen deines Körpers einzeln.«

Titus trollte sich aus dem Vorderzimmer, die Demütigung trieb ihm die Hitze ins Gesicht. *Eine Schande für Jalal!* Das tat ihm am meisten weh. Es kümmerte ihn nicht, was Julius dachte, aber er hatte sich seinem Urahn immer sehr nahe gefühlt, hatte die Geschichten über ihn immer geliebt. Die Vorstellung, ihm Schande zu bereiten, war unerträglich. Wart's nur ab, drohte er Julius im Stillen. Wart's nur ab. Eines Tages werde ich es dir zeigen!

In der Empfangshalle war niemand. Und jetzt spielte es ohnehin keine Rolle mehr, ob man ihn erwischte, wenn er in den Garten ging. Es konnte ja kaum noch schlimmer kommen. Titus lief zur Hintertür hinüber, drückte die Katzenluke auf und schlüpfte lautlos hinaus.

Der Garten war ein dunkler, unheimlicher Ort voller knorriger alter Bäume. Sie waren völlig verwachsen, ineinander verschlungen, bildeten ein dichtes Netz aus verknoteten Ästen, durch das der Himmel kaum noch zu sehen war.

Hinter den Bäumen lag die Steinmauer, die das Haus und den Garten der Komtess umschloss. Sie war so hoch, dass niemand in der Familie sich vorstellen konnte, sie zu erklimmen – nicht einmal Titus, der es manchmal schaffte, eine halbe Gardine hinaufzuklettern, ehe seine Eltern ihn wieder nach unten riefen. Er sog die kalte Abendluft ein, starrte auf die mächtige Mauer und das Gewirr der Äste – und ihm war, als könnte er hoch oben eine weiße Mondsichel erkennen, dünn wie ein Schnurrhaar, in weiter, weiter Ferne.

»*Titus.*« Es war der Alte Tatz, der ganz allein im hintersten Winkel des Gartens neben den morschen Wurzeln eines sterbenden Baumes hockte. Titus lief zu ihm hinüber.

»Es tut mir Leid, Alter Tatz«, sagte er. »Ich bin an allem schuld – aber das mit den schwarzen Katzen stimmt, ich schwöre es bei Jalal!«

Sein Großvater lächelte traurig. »Ich weiß«, erwiderte er. »Und es ist nicht deine Schuld, nicht im Geringsten. Es liegt an den anderen. Sie wollen nicht einmal mehr nachdenken.«

Sie saßen eine Weile schweigend im Schatten der Mauer.

»Wirst du mir trotzdem die Geschichte von Jalals größtem Kampf erzählen?«, fragte Titus schließlich.

»Gegen Saliya aus dem Norden? Nicht heute Abend«, antwortete der Alte Tatz. »Ich fürchte, es gibt wichtigere Dinge, die ich dir zuerst erzählen muss. Du bist noch jung, aber ich denke, dass uns nicht mehr viel Zeit bleibt, und außer dir wird niemand diese Dinge begreifen.«

Titus' Fell begann zu kribbeln. Obwohl der Großvater gerade erst entmachtet worden war, elektrisierten ihn seine Worte wie eh und je.

»Ich bin bereit, Alter Tatz«, sagte er.

»Dann hör gut zu. Jalal allein weiß, was dieser fremde Mann im Schilde führt, aber ohne die Komtess werden wir nicht gegen ihn ankommen. Wir müssen Hilfe holen, aus der Draußenwelt.«

»Wimmelt es in der Draußenwelt denn nicht von Ungeheuern?«, fragte Titus.

»Ein Ungeheuer wäre genau das, was wir brauchen. Eines

dieser Ungeheuer, die man Hunde nennt. In den alten Geschichten heißt es, dass sie riesig sind und stark genug, um einen Menschen zu töten. Hunde versetzen dich mit ihrem stinkenden Atem und ihrem ohrenbetäubenden Lärm in Angst und Schrecken. Aber die Geschichten berichten auch, dass Jalal mit ihnen reden konnte, also muss es eine Möglichkeit geben, sie zu Hilfe zu holen, um diesen Mann in die Flucht zu schlagen.«

»Mutter und Vater sagen, die alten Geschichten sind nicht wahr. Es sind doch bloß Geschichten, sagen sie.«

»Bloß Geschichten!« Der Alte Tatz sah ihn prüfend an. »Glaubst du das etwa?«

Titus' schüttelte den Kopf. »Nein.«

»Gut. Denn ich werde dir jetzt ein Familiengeheimnis verraten, ein sehr altes. Es geht zurück bis zu den Anfängen.«

Titus' Gedanken überschlugen sich. Er hatte noch nie zuvor etwas von diesem Geheimnis gehört.

»Hat es etwas mit Jalal zu tun?«, fragte er.

Der Alte Tatz lächelte in der Dunkelheit. »Das hat es. Jeder kennt die Geschichten von Jalal – aber seine Lehren sind ein Geheimnis, das nur sehr wenige kennen.«

Die Lehren des Jalal. Das war etwas, wovon Julius und die anderen nichts wussten. Und der Alte Tatz vertraute es ihm an: ihm, Titus, und niemand anderem.

»Die Lehren«, sagte der Alte Tatz, »werden seit Jahrhunderten von einem Tatz zum anderen weitergegeben. Einiges ist im Lauf der Zeit vergessen und verfälscht worden oder verloren gegangen. Inzwischen sind nur noch Bruchstücke davon erhalten. Vielleicht können die Lehren uns dabei helfen, mit den Hunden zu sprechen; vielleicht auch nicht. Ich kenne sie nicht vollständig und ich fürchte, dass mir nicht genügend Zeit bleibt, dir alles beizubringen, was ich noch weiß. Aber mehr ist uns nicht überliefert.«

Titus verspürte ein seltsames Gefühl der Enttäuschung. Wenn es ein Familiengeheimnis gab, wollte er alles darüber wissen. Was ließ sich mit einem Geheimnis anfangen, das nicht vollständig war? Aber Bruchstücke waren immerhin besser als gar nichts.

»Erzähl weiter, Alter Tatz!«

»Komm näher.« Titus beugte sich vor. »Noch näher.« Er beugte sich so weit vor, dass sein Ohr das Maul des Alten Tatz berührte.

»Die Lehren des Jalal bestehen aus sieben Künsten«, flüsterte der Alte Tatz; sein warmer Atem strömte durch die kalte Nachtluft. »Wir wissen nur noch von dreien. Sie heißen: Langsamzeit. Energiefluss. Schattengehen.« Er sagte sie langsam auf, rhythmisch, wie Poesie. »Lerne diese Begriffe und gib sie selber weiter.«

»Langsamzeit«, wiederholte Titus. »Energiefluss. Schattengehen.« Er ließ die Worte über die Zunge rollen wie einen neuen Geschmack.

»Noch mal.«

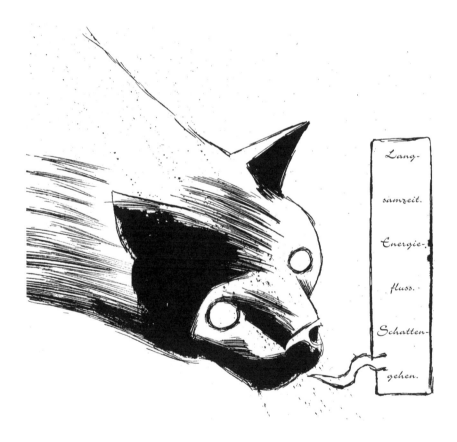

»Langsamzeit. Energiefluss. Schattengehen.« Der fremde Klang verursachte ein Kribbeln im Fell.

»Vergiss sie niemals. Erhalte die Lehren, Titus Tatz.«

Titus nickte. Die Worte – Jalals Worte – waren fest in seinem Kopf verankert. Er würde sie niemals vergessen.

Klick.

Die Hintertür schwang auf. Titus und der Alte Tatz fuhren herum. Vor ihnen stand der Fremde. Und seine glänzenden schwarzen Schuhe flankierten zwei geschmeidige schwarze Katzen.

Kapitel 5

Plötzlich schien es kälter zu werden. Titus fröstelte.

»Das gefällt mir nicht«, flüsterte der Alte Tatz. »Das gefällt mir ganz und gar nicht.«

Der Fremde deutete zu ihnen herüber. Er bückte sich, berührte die beiden schwarzen Katzen am Halsband und flüsterte ihnen etwas zu. Dann wandte er sich ab, ging zurück ins Haus und ließ Titus und den Alten Tatz mit seinen Katzen allein.

Titus' Fell stellte sich vor Angst auf, als die Katzen langsam und bedächtig über den Rasen auf ihn und seinen Großvater zuschritten. Ihre Art, sich zu bewegen, hatte etwas Seltsames und Bedrohliches.

»Wer seid ihr?«, rief der Alte Tatz.

Sie gaben keine Antwort. Sie kamen einfach immer näher. Titus und sein Großvater wichen zurück, aber sehr viel Spielraum blieb ihnen nicht. Nur noch ein paar Schritte, und sie standen direkt an der Mauer, so weit vom Haus entfernt, wie es nur irgend ging.

Titus' Puls raste. Er musste daran denken, mit welcher Leichtigkeit die Katzen ihn beiseite gedrängt hatten. Nichts auf der Welt schien sie aufhalten zu können. Er kratzte sich am Halsband, das sich anfühlte, als würde es ihm die Kehle zuschnüren.

»Titus«, sagte der Alte Tatz eindringlich, aber ohne eine Spur von Sorge in der Stimme. »Jemand, der so mutig ist wie du, kann doch bestimmt diese Mauer da hinaufklettern und in die Draußenwelt gelangen, meinst du nicht?«

Titus blickte hinauf. Die Steine waren unter einer Moosschicht kaum zu erkennen, doch die Höhe der Mauer ließ sich nicht übersehen. Sie war gewaltig.

»Keine Angst«, sagte der Alte Tatz. »Du wirst genügend Zeit haben. Dafür werde ich sorgen.«

»*Ich* werde genügend Zeit haben?« In Titus' Kopf begann sich alles zu drehen. Wovon redete der Alte Tatz da? Sollte er etwa ganz allein in die Draußenwelt gehen? »Aber ... Können wir denn nicht beide ...?«

»Nein, das können wir nicht. Nur einer von uns kann hinaus. Ich werde sie ablenken; du musst in die Draußenwelt gehen und einen Hund finden.«

»Du wirst doch nicht etwa mit ihnen kämpfen? Sie werden ... Sie werden ...«

Der Alte Tatz machte einen Schritt nach vorn, auf die schwarzen Katzen zu. In seinen Augen glühte ein Feuer, das Titus nie zuvor gesehen hatte. »Geh. Bring dieses Wesen her, vor dem selbst die Menschen sich fürchten. Und erhalte die Lehren, Titus Tatz!«

Die Katzen waren stehen geblieben. Sie blickten zu dem Alten Tatz hinüber, als würden sie ihn erwarten. Er knurrte sie an. Titus dröhnte der Kopf. Tausend verschiedene Gefühle stürzten auf ihn ein.

Der Alte Tatz schritt vorwärts, den Katzen des Fremden entgegen, mit erhobenem Schwanz und glühend grünen Augen. »Geh, Titus, ehe es zu spät ist. Schau nicht zurück. Es ist die einzige Möglichkeit.« Er wirkte wild und erhaben. Nicht mehr wie der müde alte Kater während der Sitzung des Familienrates. Er war ein Sohn Jalals, der seinem Feind entgegentrat, mit Stolz und Kraft. Eine echte blaue mesopotamische Kurzhaar.

»Geh schon!«, rief er und stürzte sich auf die schwarzen Katzen.

Sie sahen ihn kommen und nickten, als wäre alles nur ein Kinderspiel. Der Alte Tatz rannte direkt auf sie zu – doch dann schienen seine Konturen kurz zu verwischen; plötzlich verschwand er zwischen den beiden Katzen und tauchte hinter ihnen wieder auf.

Die beiden schwarzen Katzen wirbelten herum. Der Alte Tatz war ihnen ganz knapp entwischt. Sie warfen sich einen Blick zu und jagten ihm hinterher.

Titus schlug das Herz bis zum Hals. Sein Großvater lockte die Katzen fort, zwischen den Bäumen zurück Richtung Haus. Immer weiter fort von ihm, listig und geschickt, schnell wie ein silberblauer Pfeil.

Doch die schwarzen Katzen waren schneller. Sie bewegten sich in vollkommenem Gleichklang, jede eine geschmeidige, tödliche Gefahr. Wie konnte der Alte Tatz sich gegen zwei Angreifer wehren? Er wurde bereits langsamer; noch immer stolz, aber alt und kurzatmig. Und die schwarzen Katzen rückten immer weiter vor, jede von einer Seite.

Früher oder später würden sie ihn erwischen. Und selbst wenn nicht: Was konnte er schon gegen einen Mann ausrichten, der zehnmal größer war als er? Gegen ihn konnte keine Katze etwas tun, nicht einmal eine ganze Familie.

Der Alte Tatz hatte Recht. Die einzige Möglichkeit war, einen Hund zu finden. Sein Großvater tat, was er tun konnte; nun hing alles an Titus.

Seine Gedanken überschlugen sich; er zwang sich, den Blick abzuwenden, und wandte sich der Mauer zu, die seine vertraute Welt von der Draußenwelt trennte. Kein Tatz hatte sie je überwunden, seit Jalal selbst damals aus Mesopotamien gekommen war, doch sie war der einzige Fluchtweg.

Titus holte tief Atem und duckte sich zum Sprung. Ein letzter Blick über die Schulter … *Nein!*

Die schwarzen Katzen hatten den Alten Tatz umzingelt, hatten ihn an die Hauswand gedrängt. Er schlug nach ihnen, aber sie stürzten sich zu zweit auf ihn und drückten ihn zu Boden.

Ein furchtbares Heulen ertönte. Die schwarzen Katzen

trollten sich kopfschüttelnd. Und der Alte Tatz ...

Der Alte Tatz lag reglos und schlaff da, wie ein kaputtes Spielzeug.

In Titus' Ohren begann es zu dröhnen. Sein Magen krampfte sich zusammen. Alles in ihm schrie danach, zu bleiben und zu kämpfen, der einzigen Katze zu helfen, die ihn je verstanden hatte. Doch wie ein fernes Echo kamen ihm die Worte des Alten Tatz in den Sinn: *Geh, ehe es zu spät ist.* Er drehte sich wieder zur Mauer.

Drei.

Zwei.

Eins.

Sein Körper explodierte in einem Sprung. Die Hinterbeine streckten sich. Die Vorderbeine schnellten vor und tasteten nach Halt. Fanden ihn. Die Hinterbeine stießen sich ab, drückten, katapultierten ihn höher und höher, und wie ein Blitz sauste Titus die Mauer hinauf, höher,

zwischen den Bäumen hindurch, höher als die Vorhänge, als das Haus, noch höher, spürte, wie er müde wurde, wie die Muskeln schmerzten und alles vor seinen Augen ver-schwamm – wie hoch ging es denn noch? –, immer höher, Griff um Griff, Pfote für Pfote, rutschte ab ... klammerte sich an einem Vorsprung fest. Zog sich hinauf. Und war oben.

Draußen! Zum ersten Mal seit Jalals Zeiten stand ein Tatz am Eingang zur Welt.

Kapitel 6

Titus konnte meilenweit sehen. Es gab keine Mauern und Bäume mehr, die ihm die Sicht versperrten.

Es gab nichts als den weiten Raum, der sich vor, unter und über ihm erstreckte. Er stand mitten darin und vor ihm gähnte ein tiefer Abgrund.

Er blickte an der Innenseite der Mauer hinab. Durch die Bäume hindurch war nichts zu erkennen. Die Katzen des Fremden und der Alte Tatz waren unter dem Wirrwarr der Äste verborgen. Es gab keinen Weg zurück. Er war vollkommen auf sich allein gestellt.

Hatte er das Richtige getan? Hätte er seinem Großvater nicht beistehen müssen? Das Bild ging ihm einfach nicht aus dem Sinn: der Alte Tatz, reglos, wie ein kaputtes Spielzeug.

Ein Zittern und Beben stieg in ihm auf, wollte heraus, aber Titus unterdrückte es, kämpfte dagegen an, hielt es zurück. Der Alte Tatz hatte gewusst, was er tat. Er war bereit gewesen, sein eigenes Leben opfern, damit Titus die Chance hatte, in die Draußenwelt zu gelangen und nach einem Hund zu suchen.

Ihm blieb nichts anderes übrig als weiterzugehen. Aber wohin?

Vor ihm lag ein Meer aus Lichtern, das bis weit in die Dunkelheit hineinreichte. Titus wusste nicht, was für Lichter es waren oder wohin sie führten. Er sah nach oben. Ein zweites Lichtermeer: der Mond und die Sterne, kalt und weit entfernt. Bei ihrem Anblick begann sich in seinem Magen alles zu drehen und ihm wurde so schwindelig, dass er fast zu spüren meinte, wie die Mauer unter ihm wegzurutschen begann.

Titus schloss die Augen und zählte bis zehn. Es nutzte nichts. Die Aussicht war einfach zu gewaltig; er war zu winzig. Eine reinrassige blaue mesopotamische Kurzhaar hatte auf einer Mauer einfach nichts verloren. Andererseits hatte seine Familie ja immer behauptet, dass er mit einer blauen Kurzhaar nicht gerade viel gemein hatte. Wer also war er?

Unter dem endlosen Himmel war er niemand. Er war nichts.

Sein Magen machte einen Ruck. Titus wusste, dass ihm übel werden würde, wenn er noch länger auf dieser Mauer blieb. Runter. Er musste runter, so schnell wie möglich – die schwarzen Katzen suchten ihn sicher schon. Aber wie? Er konnte die Mauer nicht hinunterklettern; sie war senkrecht. Er würde das Gleichgewicht verlieren und abstürzen.

In der Draußenwelt stand ein einzelner Baum vor der Mauer. Einen Baum konnte er hinunterklettern, wenn er es bis zu ihm hinüberschaffte.

Er streckte eine Pfote aus. Seine Ballen rutschten auf dem feuchten Moos aus, das den Stein bedeckte. Titus klammerte sich mit seinen Krallen fest und fand sein Gleichgewicht wieder. Ein bitterkalter Windstoß schubste ihn fast über den Mauerrand. Wieder überkam ihn das Schwindelgefühl. Der Wind schien ihn mit seinem Lied zu verspotten. *Zu hoch,* sang er. *Zu hoch, zu schnell!* Titus versuchte nicht hinzuhören, doch das Lied war überall. *Das war zu hoch für dich, zu schnell. Bis zu dem Baum schaffst du es nie!*

Er überhörte es, balancierte den Schwanz aus, um noch sicherer zu stehen, und wagte einen weiteren Schritt auf dem bemoosten Stein. Es war, als liefe er über Eis: tückisch, unmöglich. Im Geiste sah er bereits, wie er den Halt verlor, wie er wegrutschte, über den Mauerrand schlitterte und tief unten aufschlug. Er erschauerte.

Denk an etwas anderes, sagte er sich. Denk an die Lehren. Wie war das noch? Langsamzeit. Energiefluss. Schattengehen.

Titus taumelte auf den Baum zu. *Zu hoch*, pfiff der Wind.

»Langsamzeit!«, brüllte Titus zurück. Er würde sich vom Wind nicht unterkriegen lassen.

»Energiefluss!« Und von der Mauer schon gar nicht.

»Schattengehen!« Denn er war Titus Tatz und er kannte die Lehren.

Titus lief über die Mauer, als wäre er sein Leben lang über Mauern gelaufen. Seine Pfoten bewegten sich leicht und federnd. Es funktionierte: die Lehren funktionierten tatsächlich! Ihm war nicht mehr schwindelig. Nicht mehr übel.

Ich hätte gern gesehen, wie Julius das hier machen würde, dachte er.

Nun musste er nur noch auf den Baum hinüber und konnte ihn dann mit Leichtigkeit hinunterklettern. Das Schlimmste hatte er bereits hinter sich. Titus grinste und sprang auf den nächstgelegenen Ast.

KNACK!

Abwärts ...

Warum hatte er den Ast nicht erst geprüft? Idiotisch!

Der Wind schlug ihm hart ins Gesicht, während er in die Tiefe stürzte. Titus schloss die Augen ...

... und alles wurde schwarz.

Kapitel 7

Titus träumte.

Er träumte, dass er in einer heißen Nacht an einem Fluss entlanglief. Zickzackbäume wiegten sich im warmen Wind. Die Luft roch nach Zimt und schmeckte nach reifen Datteln. Er hob den Kopf. Die Sterne wirkten anders als sonst. Sie funkelten groß und hell an einem leuchtenden Himmel.

Ein alter Kater, dessen Fell so silberblau wie das Sternenlicht war, lief neben ihm her. Er schien eine blaue mesopotamische Kurzhaarkatze zu sein, aber er trug kein Halsband und seine Augen waren bernsteinfarben wie die aufgehende Sonne.

»Willkommen im Land unserer Väter«, sagte der alte Kater. »Willkommen in Mesopotamien.«

»In Mesopotamien, der Heimat von Jalal?«

»Von Jalal der Tatze, ganz recht. Hier hat er damals gelebt.«

Titus' Puls wurde ein wenig schneller. »Kanntest du Jalal?«, fragte er.

»Und was wäre, wenn?«

»Dann würde ich dich vieles fragen. Sind die Geschichten wahr? Konnte er tatsächlich mit Hunden sprechen? Und ... was würde er wohl von mir halten?«

Der alte Kater kicherte. »Was für eine Frage! Weshalb interessiert es dich?«

Titus wandte den Blick ab. »Meine Familie sagt, ich wäre eine Schande für Jalal. Sie meinen, ich sei keine echte mesopotamische Kurzhaar blau.«

»Ach? Und was meinst du? Bist du deines Vorfahren würdig – oder nicht?«

»Nein«, antwortete Titus leise. Er senkte den Kopf. »Das bin ich nicht.«

»Und wenn du die Geheimen Lehren des Jalal kennen würdest? Wärest du dann eine echte mesopotamische Kurzhaar blau?«

Titus lächelte traurig; er dachte an den Alten Tatz. »Ich kenne die Lehren bereits. Und ich fühle mich immer noch wie vorher.«

»Du kennst die Lehren? Erstaunlich. Vielleicht willst du sie mir vorführen. Greif mich an.«

Der alte Kater blieb stehen und baute sich vor Titus auf. Er war nicht groß, aber irgendetwas an ihm wirkte gefährlich. Titus wich einen Schritt zurück.

»Greif mich an!«, befahl der Alte wieder. Seine bernsteinfarbenen Augen blitzten. »Greif mich an oder du stirbst auf der Stelle.«

Nun, wenn er es befahl ... warum nicht?

Titus schlug leicht nach dem wütenden alten Kater, um ihn zur Seite zu schubsen. Aber aus irgendeinem Grund traf er ihn nicht. Seine Pfote segelte durch die Luft und traf harmlos auf den Boden. Irritiert verzog er das Gesicht. Wie konnte er ihn bloß verfehlt haben?

Der alte Kater strich sich die Schnurrhaare. »Bin ich zu schnell für dich?«, fragte er herausfordernd. »Sind das die Lehren des Jalal? Ich glaube, du weißt gar nichts, mein Kleiner. Greif mich noch mal an!«

So langsam wurde Titus ärgerlich. Nun wollte er dem Alten gern einen Schlag versetzen, einen kräftigen. Er beschloss, sein Bestes zu geben: Diesmal konnte er ihn unmöglich verfehlen. Titus ließ eine Pfote nach vorn schnellen, traf ins Leere und verlor das Gleichgewicht. Mit stummem Gelächter funkelten die fremden Sterne auf ihn herab, während er durch den Sand rollte. Wütend sprang er wieder auf.

»Noch mal!«, ermunterte ihn der alte Kater. Titus schäumte vor Wut. Er schlug zu. Seine Pfote sauste hilflos durch die Luft und wieder landete er auf dem Boden. Er trat mit den Hinterbeinen um sich, aber er traf nur sich selbst. Er wusste, dass er verloren hatte.

Sein älterer Gegner blickte auf ihn herab. »Dein erster Angriff kam mir eher halbherzig vor«, sagte er, als hielten sie gerade einen netten Schwatz über das Wetter. »Der dritte war linkisch und unbeholfen, das weißt du selbst. Der zweite immerhin zeigte gute Ansätze; aber er war langsam, schrecklich langsam ... Trotzdem, du besitzt Kampfgeist. Wenn du dir die Lehren aneignen möchtest – die *wahren* Lehren –, brauchst du mich nur zu fragen, dann bringe ich dir alles bei.«

Titus konnte nichts sagen. Die Worte steckten ihm in der Kehle fest. Er schämte sich zu sehr. Es war offensichtlich, dass dieser alte Kater viel mehr über die Lehren wusste als er, aber Titus konnte sich einfach nicht überwinden es zuzugeben. Sein Stolz verbot es ihm.

Der alte Kater zuckte mit den Schultern. »Also dann, leb wohl.« Er drehte sich um und ging.

Plötzlich schien sich eine bislang verschlossene Tür in Titus zu öffnen. »Warte!«, rief er. Der Alte wandte sich um. Sein Körper flimmerte in der warmen Luft. »Geh nicht«, sagte Titus. »Ich ... ich möchte die Lehren kennen lernen.«

Der alte Kater lächelte. »Gut. Dann werde ich sie dir beibringen. Wir fangen sofort an.« Er räusperte sich. »Die Lehren des Jalal bestehen aus sieben Künsten. Die erste lautet

Offenheit, und ihr Geheimnis hast du soeben entdeckt. Denn nur wenn du dir eingestehst, dass du nichts weißt, kannst du wirklich etwas lernen.«

Titus' Augen weiteten sich, während die Worte ihre Wirkung taten. »Wer bist du?«

»Erkennst du mich denn immer noch nicht, mein Sohn?«

»Jalal?«

»Jalal die Tatze, der bin ich.« Er zwinkerte ihm zu. »Vergiss sämtliche Geschichten.«

Kapitel 8

Titus erwachte am Fuße der Mauer. Sein Kopf dröhnte, seine Pfoten schmerzten. Es war noch nicht ganz hell, doch die Nacht war fast vorüber. Offenbar hatte er durch den Sturz vom Baum für eine Weile das Bewusstsein verloren. Was für ein Traum! Würde er so etwas je wieder träumen?

Er fröstelte. Hier draußen unter freiem Himmel war es kalt und das Gras, auf dem er lag, war nass. Er stand auf, schüttelte die Feuchtigkeit aus seinem Fell und sah sich um.

Der Blick, der sich ihm bot, ließ seinen Kopf augenblicklich klar werden. Die Draußenwelt war anders als alles, was er je gesehen oder wovon er je geträumt hatte.

Das Haus der Komtess stand auf einem hohen Hügel. Unterhalb davon erstreckte sich ein großer grüner Park. Und weit dahinter eine Stadt.

Sie schimmerte silbrig im ersten Licht der Morgendämmerung und erschien ihm wie ein verrückter Wirrwarr von Formen und Größen. Hohe Türme, gleißender Stahl mit Glas, aber auch gedrungene Backsteinhäuser, schwarz vom Rauch der Schornsteine. Weite, offene Gärten stießen an enge Gassen, scharfe Spitzen krönten weich geschwungene Kuppeln, Betonklötze ragten über bunt bemalten Reklametafeln auf.

All diese Dinge lagen dort beieinander, dicht an dicht, jede Einzelheit ein Teil des Ganzen. Es war so viel, dass Titus es kaum in sich aufnehmen konnte. Von seinem Platz aus konnte er nur den Wind hören, der in den Baumkronen raschelte, aber die Stadt dort unten wirkte laut und rastlos, wie ein Ort, wo nie geschlafen wurde.

Seine Schnurrhaare zuckten in einer Mischung aus Tatendrang, Aufregung und Angst. Allein vom Hinsehen schlug sein Herz schneller. Es schien eine Stadt zu sein, wo alles Mögliche passieren konnte. Ein Ort, wo man tun konnte, was man wollte. Wo man alles finden würde, wonach man suchte – sogar einen Hund.

Die Schrecken der letzten Nacht, der Kampf mit den Katzen des Fremden, all das schien lange her zu sein und weit hinter ihm zu liegen. Er spürte die Trauer um den Alten Tatz, tiefe Trauer, aber sein Großvater hatte ihn mit einer Aufgabe betraut: die Familie zu retten, und Titus hatte sich vorgenommen, es zu schaffen.

Er wagte sich den Hang hinunter. Das Gefälle war stärker, als er gedacht hatte, und er merkte, dass er rannte, fast schon hinunterkugelte. Aber es war schön, sich im Freien zu bewegen. Ein Sonnenstreif erleuchtete den Horizont. Titus hatte nie zuvor einen Sonnenaufgang gesehen und der Himmel der Draußenwelt war übersät mit Bändern aus bernsteinfarbenem Licht.

Der Himmel huschte an seinen Augen vorbei, während er immer schneller rannte, bis zum Fuß des Hügels. Dort sprang er über einen Zaun und war im Park.

Etwa um diese Zeit wurden seine Eltern und Geschwister im Haus der Komtess wohl gerade wach und begannen sich gegenseitig sauber zu lecken. Titus grinste. Er hasste es, sich zu waschen, und schon jetzt klebte zwischen seinen Krallen eine angenehme Dreckschicht.

Als Nächstes würden sie gehorsam ihr Futter aus den Porzellanschälchen schlabbern. Es würde den widerlich riechenden Kaviar des Fremden geben. Aber nun, in der Draußenwelt, musste Titus nichts mehr essen, was er nicht mochte. Er konnte selbst wählen, was er aß und wann er aß.

Nach dem Essen würde seine Familie aufs Katzenklo gehen. Ha! Titus duckte sich unter ein Gebüsch. Hier brauchte er kein Katzenklo. Es fühlte sich gut an. Ganz natürlich, dachte er. So wie es sich eigentlich anfühlen sollte.

So würde es von nun an immer sein. Die beste Zeit seines Lebens lag vor ihm. Er würde mit einem Hund (was immer das war) aus der Stadt zurückkehren und den Fremden mit seinen seltsamen schwarzen Katzen in die Flucht schlagen. Und dann würde er seine Familie aus dem alten, muffigen Haus führen, hinaus in diese wunderbare neue Welt. Alle würden sagen, dass er eine echte mesopotamische Kurzhaar blau sei, ein wahrer Sohn Jalals. Sie würden ihn mit Ehrungen und Dank überhäufen wollen, doch er würde sie ablehnen. »Ich tat es für die Ehre unserer Familie«, würde er bescheiden sagen und von ihnen noch mehr bejubelt werden.

In seinem Glückstaumel lief Titus immer weiter und weiter. Er merkte kaum, wie die feurigen Farben des Sonnenaufgangs erloschen und einen Himmel wie erkaltete Asche zurückließen.

Ein schriller Ton unterbrach seine Gedanken, eine Mischung aus Kreischen und Dröhnen, die ihm Angst einjagte. Das Geräusch kam von einer schwarzen Straße, die in einiger Entfernung um den Park führte. Titus pirschte sich heran, mit angelegten Ohren. Und dann sah er sie.

Eine Kolonne Furcht erregender Ungeheuer. Sie rollten die Straße entlang, während sie sich gegenseitig und alles andere um sich herum anbrüllten. Große Monster aus Metall, die überall scharfe Kanten hatten. Vorne leuchteten gelbe Augen und hinten rote. Sie bewegten sich auf schwarzen Rädern fort, die sich so schnell drehten, dass Titus davon ganz schwindelig wurde, und hinten pusteten sie eine erstickende Qualmwolke in die Luft.

Konnten das Hunde sein?

Was hatte der Alte Tatz noch gesagt? Diese Ungeheuer waren groß genug, um einen Menschen zu töten. Ihr Atem stank. Sie waren ohrenbetäubend laut. Und sie jagten einem Angst ein.

Stimmte genau. Titus war sich sicher, dass es Hunde waren. Er hatte sie gefunden.

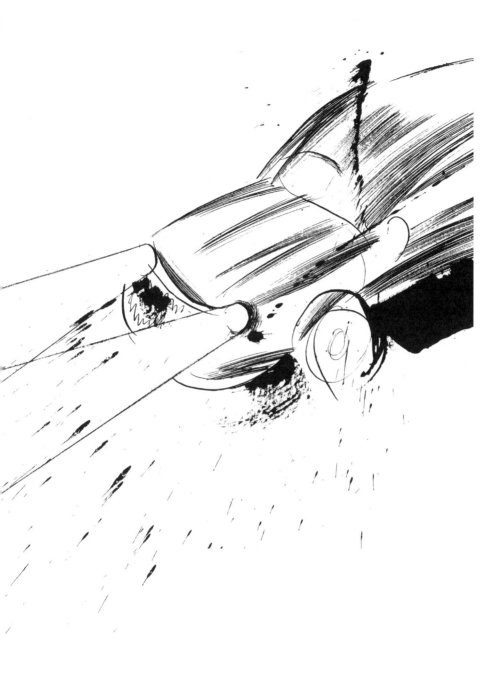

Ein harter, fester Kloß aus Angst formte sich in seinem Bauch. Wie sollte er mit diesen Ungeheuern reden? Sie machten nicht den Eindruck, als würden sie für irgendjemanden anhalten, schon gar nicht für einen kleinen Kater. Während er dem Strom aus Metallungeheuern immer näher rückte, verblassten seine frohen Gedanken an die Zukunft wie ein trügerischer Sonnenaufgang.

Langsamzeit. Energiefluss. Schattengehen.

Er schüttelte den Kopf. Wie sollten diese Worte ihm denn helfen? Warum hatte der Alte Tatz ihn mit solch einer unlösbaren Aufgabe betraut? Warum hatte er nicht jemanden gewählt, der älter und stärker war, jemanden wie Julius? Julius hätte vielleicht gewusst, wie man mit einem Hund umging. Titus wusste es nicht. Diese Suche war zu schwierig. Sie war unmöglich. Der Angstkloß in seinem Bauch verwandelte sich in einen schweren Klumpen der Verzweiflung.

Ein Regentropfen landete auf seiner Schulter. Titus verzog das Gesicht. Er hasste es, wenn sein Fell nass wurde. Zu Hause wäre er, sobald das Wetter umschlug, durch die Katzenluke zurück ins Haus gerannt. Zu gern hätte er es auch in diesem Moment getan. Er warf einen Blick zurück zu dem Hügel, der hinter ihm lag. Aus dieser Entfernung war das Haus nicht mehr zu sehen.

Ein Windstoß fuhr ihm hart ins Gesicht. Der Himmel bezog sich und Titus spürte, dass sich ein Sturm zusammenbraute.

Einen Unterschlupf, das war es, was er brauchte. Sobald er vor dem Sturm in Sicherheit war, konnte er über die Hunde nachdenken. Aber in diesem weitläufigen, offenen Park gab es keinen Unterschlupf. Es gab nur Bäume, im Wind schwankende vereinzelte Bäume ohne Blätter. Sie würden ihn nicht warm und trocken halten.

Der Himmel wurde immer dunkler. Der Wind schnitt ihm durch den Pelz. Titus sah jeden einzelnen Grashalm ganz deutlich, jedes herabgefallene Blatt, das vor dem Sturm zitterte. Einen Unterschlupf, er musste einen Unterschlupf finden, und zwar schnell.

Regen fiel von dem dunkler werdenden Himmel: dicker, nasser Regen, der ihm ins Fell tropfte, bis das Wasser ihn schwer nach unten zog. Er versuchte es abzuschütteln, doch nachdem es erst einmal angefangen hatte zu regnen, hörte es nicht mehr auf. Seine Familie hatte Recht gehabt. Die Draußenwelt war kein Ort für eine Katze. Ganz und gar nicht.

In der Ferne, hinter den nackten, zitternden Bäumen, erspähte Titus etwas, was er zuvor übersehen hatte. Einen kleinen Holzschuppen. Einen Unterschlupf!

Er kämpfte sich auf den Schuppen zu. Für zwei Schritte, die er machte, schob ihn der Wind wieder einen zurück. Der Boden wurde zu einem aufgewühlten Meer aus Schlamm. Seine Pfoten patschten und rutschten heftig hin und her.

PLATSCH! Titus landete in einer Pfütze voll schlammiger Brühe. Dunkles, schmutziges Wasser lief ihm aus dem Maul. Er war von oben bis unten mit braunem und grünem Schleim bedeckt. Rings um ihn blubberte es und er war sofort nass bis auf die Haut. Der Wind heulte ihn an wie ein verwundetes Tier. *Zu weit weg*, heulte er, *du bist zu weit weggegangen!*

Eine Kralle aus weißem Licht schlitzte den Bauch des Himmels auf. Es folgte ein schrecklicher Moment der Stille, dann erbebte die Erde mit einem Donnerschlag und begann unter ihm zu zittern, als wollte sie auseinander brechen.

»Hilf mir, Jalal!«, rief Titus. Doch nur der Himmel antwortete ihm, brüllte erneut mit wütendem Gedonner auf, so dass Titus wünschte, er hätte bloß nichts gesagt.

Er wischte sich die schleimige Brühe aus den Augen und schleppte sich hinüber zum Schuppen, der nach feuchtem Holz roch und keine Fenster hatte, nur eine Tür. Sie war zu. Er stemmte sich dagegen. Sie bewegte sich, aber nur einen Spaltbreit. Verzweifelt warf er sich gegen das dünne Holz, das ihn von seinem Unterschlupf trennte – und die Tür sprang auf.

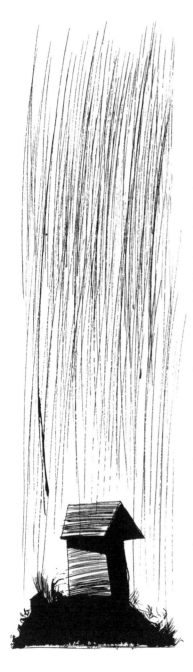

Kapitel 9

Im Inneren des Schuppens herrschte totale Finsternis. Es war eng und feucht, doch zumindest trockener als draußen im Park. Endlich war Titus in Sicherheit. Er beruhigte sich. Da zerriss plötzlich ein lautes Knurren die Stille.

Die Tür hinter ihm schlug zu.

»Rühr dich keinen Millimeter«, schnarrte eine raue Stimme. »Du bist umzingelt.«

Seine Krallen sprangen hervor, bereit zum Kampf. »Zieh die Krallen ein!«, befahl die Stimme.

Titus starrte angestrengt in die Dunkelheit. Es war eine andere Katze! Sie hatte ein struppiges schwarzweißes Fell und senfgelbe Augen. Und sie schien ungefähr so alt zu sein wie er, jünger als Jasmine oder Julius, aber härter, als hätte sie bereits zu viel von der Welt gesehen.

»Ich bin nicht auf Streit aus«, sagte sie, »aber wenn du die Krallen nicht einziehst, reiß ich dich in Stücke.« Etwas in ihrer rauen Stimme ließ Titus keinen Moment daran zweifeln, dass sie es ernst meinte.

»Ich bin auch nicht auf Streit aus«, erwiderte er und zog seine Krallen ein. Der Regen, der auf das Dach des Schuppens trommelte, klang wie ein nervöser Herzschlag.

»Okay«, sagte sie. »Das hier ist mein Schuppen, mein Unterschlupf. Das weiß jeder. Was hast du hier verloren?«

Titus warf einen Blick zur Tür hinüber. »Es regnet.«

»Und?«

»Es war der einzige Unterschlupf, den ich finden konnte.«

»Siehst du nicht, dass er besetzt ist?«, knurrte sie ihn an.

»Ist der Schuppen denn nicht groß genug für uns beide?«

»Hier ist nur Platz für einen.«

Das war absolut nicht wahr, aber Titus ging davon aus, dass es nicht klug wäre, es zu sagen. Schweigend starrte er auf den aufgeweichten Holzfußboden. Um ihn herum hatte sich bereits eine Pfütze gebildet. Er konnte sich einfach nicht überwinden, wieder hinauszugehen. Außerdem war dies die erste Katze, der er begegnet war, seit er sein Zuhause verlassen hatte. Sie hatte nichts von einer mesopotamischen Kurzhaar blau, ähnelte aber auch nicht den Katzen des Fremden. Sie wirkte weder seltsam noch unheimlich – obwohl es sicher ratsam war, sich nicht mit ihr anzulegen.

Titus versuchte durch die Dunkelheit zu ihr hinüberzulächeln. Sie funkelte ihn wütend an.

»Wie heißt du?«, fragte sie schroff. »Ich hab dich hier in der Gegend noch nie gesehen.«

»Titus Tatz.«

»Titus Tatz?«, sagte sie. »Titus Tatz, was ist das denn für ein Name?«

Was war verkehrt an seinem Namen? »Und wie heißt du?«

»Geht dich nichts an. Zu welcher Gang gehörst du? Wer ist dein Boss? Bist du auf der Flucht vor den Verlusten?«

Titus hielt inne. Was hatten all diese Fragen zu bedeuten? Er hatte keine Ahnung – aber er musste irgendetwas antworten.

Er platzte mit dem Erstbesten heraus, das ihm einfiel, etwas, woran er selber nicht einmal glaubte. »Ich bin eine reinrassige mesopotamische Kurzhaar blau.«

»Eine was?«

»Eine mesopotamische Kurzhaar blau. Wir sind sehr selten. Ganz besondere Katzen.«

»*Besonders?*«, prustete sie. »Mir ist ganz egal, wie reinrassig du bist oder wo du herkommst. Das Einzige, was zählt, ist, was du tust.«

Ein Donnerschlag erschütterte den Schuppen. Titus verzog irritiert das Gesicht. Nie zuvor hatte er eine Katze so sprechen hören.

»Was für eine Rasse bist denn du?«, fragte er.

»Ich stell hier die Fragen, Sonderkater«, fuhr sie ihn an. Es klang entrüstet. »Jetzt erzähl mir, was du *wirklich* machst. Bist du in Gingers Gang? Oder gehörst du zu Sally Bones?«

Weiterreden, das war das Beste, was er tun konnte. »Ich

sagte doch, ich bin eine mesopotamische Kurzhaar blau. Wir leben oben auf dem Hügel.«

Sie seufzte, und ihre Krallen klickerten ungeduldig auf dem Holzfußboden. »Jeder weiß doch, dass es da oben nichts zu essen gibt. Sogar die Gangs meiden das Gebiet. Na los, sag schon die Wahrheit. Du musst doch zu irgendeiner Gang gehören, ansonsten wäre ein kleiner Kater wie du doch längst verhungert!«

Bei ihren Worten lief Titus ein kalter Schauer über den Rücken. Wie war es möglich, dass sie vom Haus der Komtess nichts wusste? Die Draußenwelt und jene Welt, aus der er kam, schienen vollkommen voneinander getrennt zu sein.

»Hör mal«, sagte sie, »wenn du so großartig und wichtig bist, wieso läufst du dann bei Sturm durch den Park?«

»Ich bin in der Draußenwelt, weil ich mit einem Hund reden muss«, erklärte Titus. Sie starrte ihn verständnislos an. »Hunde sind große, laute Ungeheuer«, erklärte er.

»Ich weiß, was ein Hund ist!«, fuhr sie ihn wütend an.

Dann konnte sie Titus ja vielleicht helfen. »Weißt du, wie man mit ihnen spricht?«

Sie blickte ihn irritiert an, als würde sie ihren Ohren nicht trauen.

»Ich weiß, dass es ein wenig seltsam klingt«, sagte Titus, »aber ich muss es tun, um meine Familie zu retten. Sie schweben in großer Gefahr.«

Die schwarzweiße Katze lachte laut auf. »Er denkt, er kann mit einem Hund reden!« Sogar ihr Lachen klang rau, wie knirschender Kies. Titus kratzte sich unter dem Halsband, wo es zu jucken begonnen hatte. Das Band war lästig.

»Was ist das denn?«, fragte die Katze.

»Mein Halsband.«

»Halsband ...« Ein Ausdruck des Erstaunens huschte über ihr Gesicht; dann schien sie sich plötzlich zu beruhigen. »Ist das nicht dieses Ding, das Hauskatzen tragen?«

Titus warf einen Blick auf ihren Hals. Sie trug kein Band.

»Ach, jetzt kapier ich«, sagte sie. »Du bist bloß eine Hauskatze, die sich im Sturm verlaufen hat, stimmt's? Du gehörst zu keiner Gang. Du weißt nichts von den Verlusten. Du weißt überhaupt nichts über diese Stadt, stimmt's?«

Titus hätte fast widersprochen. Doch dann dachte er wieder an seinen Traum. Offenheit, die erste Kunst: *Nur wenn du dir eingestehst, dass du nichts weißt, kannst du wirklich etwas lernen.*

»Ich weiß nur, dass ich deine Hilfe brauche«, sagte er leise. »Ich brauche einen Unterschlupf, bis der Sturm vorüber ist; und dann muss ich einen Hund finden.«

Sie blickte ihm lange in die Augen. Der Regen rauschte unerbittlich herab. »Na gut, Schmusekater«, sagte sie schließ-

lich. »Du kannst bleiben. Aber nur bis der Regen aufhört, und dann gehst du wieder. Klar?«

Titus lächelte. »Danke.«

»Und verschon mich bloß mit deinen Hundegeschichten, mehr verlang ich nicht«, brummte sie.

Sie saßen zusammen in der Dunkelheit. Titus hätte so viele Fragen gehabt. Gab es viele andere Katzen in der Draußenwelt? Was waren diese Gangs und die Verluste, von denen sie die ganze Zeit gesprochen hatte? Und wie genau redete man eigentlich mit einem Hund?

Es gab so viele neue Dinge zu begreifen. Aber die schwarzweiße Katze hatte sich zu einem Stachelball zusammengerollt. Jedes weitere Wort hätte die unsichtbare Grenze verletzt, die sie um sich gezogen hatte.

Es regnete immer noch. Titus zitterte. Er fror und war müde. Die Augen wurden ihm schwer. Er versuchte sie offen zu halten, aber sie fielen immer wieder von alleine zu. Es war mehr als nur leichtsinnig, an einem fremden Ort mit einer fremden Katze in seiner Nähe einzuschlafen, aber er konnte einfach nichts dagegen tun.

Er schlief in seiner Ecke des Schuppens, noch immer zitternd, während ihm Regenwasser und Schlamm aus dem verdreckten Fell tropfte.

Kapitel 10

Titus träumte.

Er träumte, er wäre wieder in Mesopotamien. Zickzackbäume wiegten sich im warmen Nachtwind. Am Himmel
leuchteten die Sterne. Die Luft roch nach Zimt und schmeckte nach reifen Datteln. Jalal lief neben ihm her.

»Kannst du mir beibringen, wie man mit Hunden spricht, Jalal?«

»Was sind das dort für Bäume?«, fragte der alte Kater unvermittelt.

»Bäume?«

»Ringsum, überall, stehen Bäume. Du hast sie doch bestimmt bemerkt?«

Die Zickzackbäume; Titus nickte.

»Also, was für Bäume sind es, Titus Tatz?«

Titus biss sich auf die Zunge. Jalal erzählte ihm nichts über Hunde, und Titus wusste überhaupt nichts über die Bäume. Er wollte seinen Urahn nicht enttäuschen, doch was blieb ihm übrig? »Ich weiß es nicht«, gab er zu.

Jalal blieb stehen. »Bewusstsein«, sagte er. »Die zweite Kunst. Wenn du in der Welt überleben willst, musst du alle Dinge in ihr bewusst wahrnehmen. Egal ob du gerade auf Futtersuche bist, gegen einen Feind kämpfst oder etwa mit einem Hund reden musst – bevor du irgendetwas tust, ist es wichtig alles über eine Sache zu wissen. Setze nichts voraus; finde heraus, womit du es zu tun hast. Öffne deine Sinne. Wirf sie weit aus, wie ein Netz. Beobachte die Welt: wie sie aussieht, wie sie klingt. Auch wie sie schmeckt.«

»Die Luft schmeckt nach Datteln«, bemerkte Titus.

»In der Tat. Der Grund dafür ist, dass diese Bäume Dattelpalmen sind. Siehst du das Zickzackmuster auf dem Stamm? Daran erkennst du eine Dattelpalme.«

Jalal zeigte auf die anderen Bäume am Ufer. Er gab ihnen

Namen und lehrte Titus, wie sie sich durch das Muster ihrer Rinde und den Duft ihrer Früchte unterscheiden ließen. Titus verwahrte all dieses Wissen sorgfältig in seinem Gedächtnis, während sie dort unter den Palmen standen und die zweite Kunst Jalals trainierten, eine Ewigkeit lang.

»Noch mal«, sagte Jalal immer wieder; er war ein strenger Lehrer. »Noch mal.« Und dann schließlich: »Das reicht.«

»Ich habe nie gewusst, dass es so viele Dinge auf der Welt gibt«, sagte Titus.

»Das liegt daran, dass du bis jetzt nur einen kleinen Teil deiner Fähigkeiten genutzt hast. Der Rest schlummert noch in dir. Aber du bist zu allem fähig, mein Sohn, wirklich zu allem. Jeder deiner Sinne ist wie eine feine Antenne, die in die Welt hinausgeht. Deine Schnurrhaare können die geringsten Veränderungen der Luft wahrnehmen, die winzigsten Bewegungen. Deine Nase ist in der Lage Angst zu riechen. Und wenn du es erst einmal entwickelt hast, kann dein Bewusstsein sogar Gefahren spüren und dir sagen, wann du beobachtet wirst.« Jalals Ohren schossen plötzlich steil in die Höhe. Er presste sich dicht an den Boden. »Hör mal! Hörst du das?«

Titus lauschte in die friedliche mesopotamische Nacht hinaus. Ihm fiel nichts Ungewöhnliches auf.

»Hör genau hin!«, sagte Jalal. »Ganz leise nur, gerade noch wahrnehmbar – ein kratzendes, schrillendes, zirpendes Geräusch. Es kommt vom Ufer. Hörst du es jetzt?«

Titus schloss die Augen und konzentrierte sich. Da war es, genau wie Jalal gesagt hatte.

»Ich höre es. Aber was ist es?«

»Unser Frühstück«, sagte Jalal.

Kapitel 11

»He!« Titus hörte die raue Stimme wie aus weiter Ferne. »He, du! Ficus oder wie du heißt! Wach auf!«

Er schlug die Augen auf und war wieder in dem feuchten Holzschuppen, in der Mitte des Parks. Er fror. Er war nass. Und hungrig.

»Hast du gerade was von Frühstück gesagt?«, stöhnte er. Er stemmte sich hoch und kratzte sich am Ohr. Ein kleines Rinnsal Dreckwasser floss heraus.

»Frühstück?«, sagte eine zweite Stimme. Titus sah zur Tür. Sie stand offen. Dort draußen saß eine freundlich aussehende Katze mit struppigem schokoladenbraunem Fell. »Dieses Wort habe ich schon lange nicht mehr gehört«, sagte sie. »Kannst du dich an dein letztes Frühstück erinnern, Holly?«

Die schwarzweiße Stachelfellkatze namens Holly schüttelte den Kopf. »Hast du irgendwas gefunden?«, fragte sie.

»Rein gar nichts – aber du ja anscheinend.« Die Neue zwinkerte Titus zu. »Wo hast du den denn aufgegabelt?«

»Geht dich nichts an«, sagte Holly. Sie wandte sich an Titus. »Der Sturm ist vorbei. Zeit zu gehen.«

Titus spähte durch die Tür nach draußen. Es war immer noch Nacht. Und draußen schien es bitterkalt zu sein. Wie ein Blitz kehrte die Erinnerung an den donnergrollenden Himmel zurück. Er konnte es einfach nicht ertragen, so rasch wieder allein zu sein.

»Hab doch ein Herz, Holly«, sagte die schokobraune Katze. »Sieh ihn dir an, er ist doch ganz offensichtlich nicht gefährlich.« Sie lächelte Titus an. »Ich heiße Tam. Lass dir von Holly keine Angst einjagen. Sie hat gerade schlechte Laune, aber Katzen, die fauchen, beißen nicht.«

»Es reicht!«, schnauzte Holly. Titus blickte ihr in die Augen. Sie waren stechend gelb.

»Also, wirst du mir helfen, einen Hund zu finden?«, fragte er.

»Einen Hund?«, sagte Tam. Ihre Augen wurden so riesig wie Untertassen. »Wozu denn das?«

»Ich muss mit einem reden.«

»Mit einem Hund?«, flüsterte Tam.

»Ich weiß, dass es schwierig ist …«

Tams struppiger Pelz erschauerte. »Es ist noch viel schlimmer! Weißt du überhaupt, was du da sagst?«

»Hör nicht auf ihn, Tam«, sagte Holly. »Er hat von nichts 'ne Ahnung.«

»Doch, das habe ich!«, sagte Titus.

»Na los, sag Tam schon, wie du heißt.« Holly lächelte leicht.

»Ich heiße Titus Tatz«, sagte er mit all der Würde, die er aufbringen konnte. »Es ist ein Adelsname; ich bin eine mesopotamische Kurzhaar blau.«

Einen Moment herrschte Schweigen, dann begann Tam zu kichern. Holly grinste.

»Mesuppu-was?«, fragte Tam.

»Mesopotamien. Das Land, aus dem meine Familie stammt.«

»Klingt komisch«, sagte Tam. »Wo liegt denn das?«

Titus kratzte sich am Kopf. »Ich weiß nicht genau«, gab er zu. »Aber ...«

»Bist du denn nie dort gewesen?«

»Ich träume nur immer wieder davon.«

Diesmal lachten sie beide. Das Seltsame war, dass es ihn nicht groß kümmerte. Es war nicht dasselbe, wie von Julius ausgelacht zu werden. Diese Katzen hier waren so anders als seine Familie. Er mochte ihre Art zu sprechen, auch wenn sie sich über ihn lustig machten. Er grinste ebenfalls und für einen kurzen Moment war zu spüren, wie die unsichtbare Mauer zwischen ihnen fiel.

»Na ja«, sagte Tam, »wenn du nicht von dort bist, musst du von hier sein. Dann bist du einer von uns.«

»Er ist nicht von hier«, erklärte ihr Holly. »Er ist eine Hauskatze. Wohnt oben auf dem Hügel, sagt er. Hat sich im Sturm verlaufen.«

»Ich bin hergekommen, um meine Familie zu retten«, sagte Titus.

»Echt?«, keuchte Tam. »Vor wem denn?«

»Vor einem Mann. Er hat diese unheimlichen schwarzen Katzen dabei – sogar ihre Augen sind schwarz. Und sie bewegen sich völlig seltsam.« Titus hielt inne. Er merkte, wie sonderbar das klang. »Etwa so«, sagte er und versuchte den Gang der schwarzen Katzen nachzumachen. Doch er schaffte es nicht, stellte er fest. Tam und Holly brachen vor Lachen schon wieder zusammen.

»Ich mag ihn«, sagte Tam. »Er erinnert mich an Luka.«

Das fröhliche Gelächter erstarb plötzlich und in dem Schuppen wurde es ganz still. Titus sah zu Holly hinüber. Ihr senffarbener Blick hatte etwas Trauriges.

»Luka ist ein Freund von uns«, erklärte Tam. »Oder war. Er sah aus wie ich, aber er klang genau wie du; er konnte uns immer zum Lachen bringen. Auf jeden Fall schloss er sich irgendwann einer Gang an. Damals wurde das Futter immer knapper – die Gangs fraßen alles weg. Wir hatten solchen Hunger.«

»Ich hab ihm doch gesagt, dass es keine gute Idee ist«, sagte Holly leise. »Aber er wollte trotzdem in die Gang. Und dann verschwand er. Was für ein Freund, ha.«

»Er hat euch verlassen?«, erkundigte sich Titus.

»Nicht verlassen«, sagte Holly. »Er verschwand. Das passiert dauernd hier in der Stadt.« Sie warf einen Blick zur Tür. Ihre unsichtbare Mauer war zweifellos gerade wieder hochgezogen. »Aber so ist das eben mit Freunden. Sie sind nichts wert.«

»Wieso nicht?« Titus hätte für einen Freund alles gegeben und alles für ihn getan. Nichts konnte mehr wert sein.

»Weil sie einen im Stich lassen. Am Ende verlassen sie einen immer. Am besten, man bleibt allein.«

»Keine Sorge, Titus«, sagte Tam. »Sie meint es nicht so. Holly versucht immer hart zu sein, aber sie ist der beste Freund, den man sich wünschen kann. Und sie mag dich wirklich – das seh ich ihr doch an.«

»Es reicht!«, brüllte Holly. Sie wirkte verletzt. »Wenn ihr zwei inzwischen so gute Freunde seid, warum verschwindet ihr dann nicht einfach zusammen?«

Sie stolzierte davon, hinaus aus dem Schuppen, hinein in den Park. Sie ging einfach. Titus folgte ihr. Er hatte das merkwürdige Gefühl, dass ihm in diesem Moment etwas Wichtiges durch die Pfoten glitt.

»Warte ...«, sagte er.

»Lauf mir nicht nach!«, knurrte sie, während sie davontrottete, mit hoch erhobenem Schwanz, stachelig und einsam. Eine unnahbare Katze.

»O nein!«, sagte Tam und hastete ihr hinterher. »Ich hätte nichts von Luka sagen sollen. Ich habe alles kaputtgemacht. Holly, warte auf mich!« Sie huschte hinaus in die Nacht.

Und Titus Tatz war wieder allein.

Kapitel 12

Titus lief in die entgegengesetzte Richtung. Er zitterte. Das Gras unter seinen Pfoten fühlte sich nass und kalt an. Der Himmel war nach dem Sturm aufgeklart, aber er wirkte leer und schwarz, als hätte der Regen sogar den Mond und die Sterne weggeschwemmt.

Nun, nach dem kurzen Zusammentreffen mit Holly und Tam, fiel Titus das Alleinsein sehr viel schwerer. Ihm wurde bewusst, wie einsam er zuvor gewesen war und wie einsam er sich nun wieder fühlte. Aber er hatte immer noch eine Aufgabe zu erfüllen: einen Hund finden, ihn nach Hause bringen, den Fremden und seine Katzen besiegen.

Vor ihm ragte die Stadt auf. Oben auf dem Hügel hatte er alles überblicken können, hatte gesehen, wie alles zusammenpasste. Doch vom Boden aus konnte er nicht weiter sehen als bis zum nächstgelegenen Gebäude. Sogar das niedrigste versperrte ihm die Sicht. Ihre dicken Backsteinmauern türmten sich vor ihm auf, höher als das Haus der Komtess.

Die Nacht war voller seltsamer Geräusche. Irgendwo ein Rumpeln, schrillende Klingeln, heulende Sirenen. Was hatte das alles zu bedeuten? Wie sollte er sich inmitten all dieser Dinge zurechtfinden? Er brauchte dringend Hilfe. Holly und Tam hatten den Eindruck gemacht, als wüssten sie genau, was sie taten – aber sie waren fort, und sie würden nicht zurückkommen.

Titus lief durch ein Tor am Ende des Parks. Dahinter kam ein schmaler Bürgersteig und eine breite schwarze Straße, flankiert von orangefarbenen Straßenlaternen. Sie wirkten wie dornige Eisenbäume mit Büscheln aus Licht an ihren Zweigen. Doch anstatt den süßen Duft von Früchten zu verströmen, rochen sie streng und elektrisch und summten hoch über seinem Kopf nervös vor sich hin.

In ihrem grellen Schein fühlte er sich ungeschützt und beobachtet. Ein Stück weiter waren auf dem Gehweg Leute zu hören, manche unterhielten sich, andere lachten oder brüllten sich an. Titus' Fell begann zu kribbeln; er musste an die Männer denken, die an jenem Abend in das Haus der Komtess gekommen waren.

Er wollte nicht gesehen werden; das erschien ihm zu gefährlich, so allein hier draußen. Auf der anderen Straßenseite gab es zwischen den Backsteinhäusern einen Durchgang, wo es ruhiger und sicherer zu sein schien.

Titus betrat den Gehweg – und erstarrte. Direkt vor ihm, am Straßenrand, stand eine ganze Kolonne glänzender Metallmonster. In Reih und Glied hintereinander, vollkommen reglos. Sie bewegten sich nicht und machten kein Geräusch. Ihre Augen waren leblos und erloschen, ihre schwarzen Räder standen still.

Aber es waren Hunde – und dies war seine Chance mit ihnen zu reden.

»Entschuldigung«, sagte er.

Sie reagierten nicht; nicht einmal mit einem Aufflackern ihrer Augen. Vielleicht schliefen sie. Titus holte tief Luft und schlich sich dichter an sie heran, jederzeit bereit zur Flucht, falls sie plötzlich erwachten. Vorsichtig betrat er die Straße, streckte eine Pfote aus und berührte eines der Ungeheuer ganz sachte an der glatten Seite aus Metall.

Es war kalt. Nicht, als würde es schlafen, sondern wie tot. Titus erschauerte bei dem Gedanken.

Noch weit entfernt, aber immer näher kommend, ertönte ein Kreischen. Irgendetwas heulte auf. Titus begann das Herz in seiner Brust zu pochen, als er sich danach umdrehte. Das Kreischen und Heulen wurde lauter. Es war eine Hundemeute, lebendige Hunde, und sie kamen die Straße entlang direkt auf ihn zu.

Er hatte vergessen, wie schnell und wild sie waren. So schnell, dass sie im Schein der Straßenlaternen verschwammen. Ihre gelben Augen waren geöffnet, so groß und grell, dass ihr Licht seinen Schädel zu durchbohren schien. Er konnte ihrem Blick nicht standhalten.

Er musste wegschauen. Kein Wunder, dass sich sogar Menschen vor ihnen fürchteten.

Titus zitterte, während die Ungeheuer an ihm vorbeidonnerten, eines nach dem anderen. Sie waren riesig, mächtig, nicht aufzuhalten. Und sie hinterließen diesen widerlichen Gestank, der einem die Luft nahm. Titus musste husten und husten und hörte gar nicht mehr auf.

Er duckte sich im tödlichen Wind, sah, wie die hinteren roten Augen in der Ferne verschwanden.

Was soll ich nur tun, Jalal?

Bewusstsein, die zweite Kunst: *Bevor du irgendetwas tust, ist es wichtig alles über eine Sache zu wissen. Setze nichts voraus; finde heraus, womit du es zu tun hast.*

Also gut. Es war eindeutig, dass diese Hunde ihn nicht bemerken würden, wenn er einfach nur dasaß und ihnen etwas zurief. Nicht einmal hören würden sie ihn. Er musste einen von ihnen anhalten. Den nächstbesten.

Es gab nur eine Möglichkeit, das zu tun, und Titus' Magen zog sich zusammen, als ihm klar wurde, was das bedeutete. Er musste sich ihnen in den Weg stellen, mitten auf der Straße, während sie auf ihn zurasten. Dann würden sie ihn sehen und keine andere Wahl haben, als anzuhalten.

Es würde Mut erfordern, aber er würde es wagen. Er würde es wagen, er war sich sicher, dass er es wagen würde.

Irgendwo tief in seinem Inneren riet ihm eine Stimme, es bleiben zu lassen und einfach auf und davon zu gehen. Nie im Leben, sagte sie. Du bist nicht Jalal. Du bist nicht mal Julius. Wegen dir werden die Hunde nie und nimmer anhalten. Selbst wenn sie dich sehen, werden sie dich einfach überrollen. Dich töten. Schau sie dir doch an! Es sind riesige, herzlose Ungeheuer! Sie lassen sich von nichts und niemandem aufhalten. Es ist sinnlos, es auch nur zu versuchen.

Aber er musste es versuchen. Dafür hatte der Alte Tatz sein Leben gegeben: damit Titus es versuchen konnte, er und kein anderer. Sein Opfer wäre bedeutungslos gewesen, wenn Titus nicht bereit war, ebenfalls sein Leben zu riskieren. Und hatte er sich nicht immer nach einer Chance gesehnt, um zu beweisen, dass er eine echte mesopotamische Kurzhaar blau war?

Titus schloss die Augen. Holte tief Luft. Und schritt auf die Straße hinaus, genau bis zur Mitte, dort, wo die Hunde entlangrasten.

Ein weiteres gelbes Augenpaar tauchte in der Ferne auf. Schon auf diese Entfernung konnte Titus den widerlichen Atem riechen. Er hörte den ohrenbetäubenden Lärm. All die Geschichten waren wahr: Diese Ungeheuer versetzten einen in Angst und Schrecken. In seinem Bauch krampfte sich alles zusammen, während die gelben Augen immer näher kamen.

»Halt!«, rief er.

Die Augen waren groß und grell. Titus sah direkt in sie hinein. Er ignorierte den bohrenden Kopfschmerz, den sie verursachten. Er ignorierte seine Muskeln, die danach schrien, vor dem heranrasenden Ungetüm davonzulaufen. Er hielt stand.

Er erinnerte sich daran, wie mutig der Alte Tatz den schwarzen Katzen des Fremden entgegengetreten war. Genau diesen Mut brauchte er nun.

»Bitte bleib stehen!«, schrie er. »Ich muss mit dir reden!«

Die Augen wurden immer größer. Noch größer. Das Ungeheuer kam immer näher. Und dahinter konnte Titus noch mehr von ihnen erkennen: ein ganzes Rudel. Gut. Er stand direkt vor ihnen. Sie konnten nicht vorbei, ohne ihn umzurennen.

Jalal hätte es gewagt. Dann kann ich es auch.

Die Ungeheuer rasten weiter auf ihn zu. Und immer noch hielt Titus stand, obwohl er seine Krallen in den Asphalt bohren musste, um nicht wegzurennen.

»Ich brauche eure Hilfe!«, brüllte er. »Bitte! Bitte! *Bitte!*«

Aber die Ungeheuer wurden nicht langsamer. Sie wurden sogar schneller. Sie kreischten, heulten und stürzten sich auf ihn. Riesenhaft, todbringend. Bleib standhaft, bleib stand…

BRRAAAAAAAAAMMM!

Sein Fell flatterte.
Sein Fell flabberte.
Die Ungeheuer donnerten
über seinen Kopf hinweg ...
Links von ihm.
Rechts von ihm.
Links von ihm.
Und weg waren sie.

Titus blieb geduckt liegen, zusammengekauert, dicht an den Asphalt gepresst, obwohl die Hunde fort waren und damit all seine Hoffnungen, seine Familie jemals zu retten.

Er kroch über die harte schwarze Straße zur anderen Seite hinüber, wagte immer noch nicht, sich aufzurichten. Er zitterte vor Entsetzen. Wenn er sich bewegt hätte, wenn er auch nur geatmet hätte, als sie über ihn hinweggerast waren, hätten sie ihn vernichtet.

Er war um Schnurrhaaresbreite dem Tode entronnen, so viel stand fest. Doch das war nicht das Schlimmste.

Das Schlimmste war, dass er versagt hatte.

Kapitel 13

Titus ließ den Kopf hängen.

In der Ferne waren noch mehr Ungeheuer zu hören, die sich näherten. Er konnte sich nicht überwinden, sie anzusehen. Wozu auch? Er wusste nun, dass sie niemals anhalten würden, um ihm zu helfen, nie und nimmer.

Er hatte es nicht geschafft, den einzigen Auftrag auszuführen, den man ihm je anvertraut hatte. Wem nutzte er schon auf dieser Welt? Julius hatte Recht gehabt. Er war keine mesopotamische Kurzhaar blau und würde es nie sein. Er war ein Wurm. Schlimmer als ein Wurm, er war eine Schande für Jalal.

Er hatte versagt.

Titus blickte zum Hügel hinauf, der weit entfernt auf der anderen Seite des Parks lag. Er konnte unmöglich dorthin zurückkehren, nicht ohne einen Hund. Das bedeutete, dass er sein Zuhause vielleicht nie mehr wiedersah. Die Küche mit den vielen Porzellanschälchen, den roten Samtsessel der Komtess, nicht einmal die neue Spielzeugmaus: nie wieder.

Er schlich sich in eine Gasse, die von den Ungeheuern weg- führte, weg vom Hügel, weg von den Erinnerungen an sein Zuhause.

Die Gasse war schmal – und schwarz von den Schatten der Nacht.

Dort gab es nichts außer Unmengen schwarzer Plastikmüllsäcke, so prall gefüllt, dass sie aufgeplatzt waren. Verdorbenes Essen quoll aus ihnen hervor wie Blut aus einer Wunde. Der Boden war rutschig von Essensresten: aufgeweichtes Brot, matschiges Obst, das im Dreck abgeladen worden war und langsam verrottete.

Von irgendwoher, fast überdeckt durch den Gestank, zog der durchdringende Geruch von Fleisch herüber. Sein Magen begann zu rumoren. Es war lange her, dass er etwas gegessen hatte. Ihm fiel wieder ein, wie er bei seinen Eltern darauf bestanden hatte, auf die Jagd zu gehen, so wie Jalal. Titus lachte bitter bei dem Gedanken. Es war leicht, von der Jagd zu reden. Aber es dann auch wirklich zu tun? Er, der Feigling, der es nicht mal schaffte, einen Hund anzuhalten? Er, der der ganzen Familie Schande bereitet hatte, wollte jagen wie sein berühmter Urahn? Nein, ein altes Stück Fleisch war alles, was ihm zustand, mehr konnte er nicht verlangen.

Titus folgte dem Geruch. Sein Bewusstsein führte ihn die Gasse hinunter und über eine Mauer. Er landete an einem Ort, der trostloser war als alles, was er bisher gesehen hatte.

Es war ein enger Innenhof, von wo aus man den Himmel nicht mehr sehen konnte – weder Mond noch Sterne. Titus sah nichts als die riesigen Betonklötze, die ringsum aufragten. Alle Türen und Fenster waren verschlossen, so als ob die Menschen Angst hätten, man könnte sonst bei ihnen einbrechen.

Der Hof machte Titus nervös. Die Betonwände würde er unmöglich erklimmen können, sie waren zu glatt und zu steil. Falls irgendetwas schief ging, falls er in Schwierigkeiten geriet, säße er sehr schnell in der Falle. Der einzige Weg hinaus war der, den er gekommen war. Immerhin war es dunkel, es gab viele Möglichkeiten, sich zu verstecken. Und es war still. Alles, was er hörte, war der gedämpfte Stadtlärm aus der Ferne.

Auf dem öden Hof stach der Fleischgeruch umso deutlicher hervor. Wild entschlossen folgte Titus ihm bis zu einer Metalltonne in der Ecke, die umgekippt inmitten einer dunklen Regenpfütze lag.

Etwas streifte seine Schulter.

Titus schnappte erschrocken nach Luft, duckte sich und fuhr herum. Was war das? Niemand zu sehen. Nichts als ein Rascheln. Eine Tüte, die der Wind erfasst hatte, umkreiste ihn, als wäre sie der Jäger und er selbst die Beute.

Er atmete aus, ermahnte sich zur Ruhe und wandte sich wieder der Tonne zu.

Aus der Nähe war der Fleischgeruch nicht mehr ganz so verlockend. Eher ranzig und verdorben, deshalb hatte er ihn bereits aus so großer Entfernung wahrgenommen. Titus rümpfte die Nase. So hatte er sich das Leben in der Draußenwelt nicht vorgestellt. Was hätte er jetzt darum gegeben, ein Schälchen mit dem Kaviar des Fremden vor sich zu haben! Aber er hatte nichts Besseres verdient.

Titus näherte sich der Tonne – und urplötzlich explodierte die Welt in einem Ausbruch von Gewalt. Aus den dunklen Ecken, ideal als Versteck, sprangen fünf ausgewachsene Kater auf ihn zu. Keiner von ihnen trug ein Halsband.

Titus hob die Pfoten, um sich zu verteidigen. Aber sie kamen ihm zuvor. Schneller als das Auge folgen konnte, hatten sie ihn brutal zu Boden geworfen und hielten ihn dort fest.

Der größte von ihnen, ein mächtiger, muskulöser rotgelber Kater, beugte sich über ihn. Seine Klauen, scharf und weiß wie Blitze, schlitzten über Titus' Wange, so dass er vor Schmerz aufheulte.

»DAS SIND UNSERE TONNEN, KLEINER!«, brüllte der Rote. »MERK DIR DAS GEFÄLLIGST!«

Titus bekam eine Pfote frei und schlug zurück. Er traf den Roten mitten ins Gesicht. Der Rote regte sich nicht, er zuckte

nicht einmal. Er riss einfach nur sein Maul auf und spuckte ihn an. Die anderen Katzen prasselten auf ihn nieder, ein tödlicher Regen aus Klauen und Zähnen. Titus schrie. Er hatte Todesangst.

»Was weißt du über die Verluste?«, wollte der Rote wissen. Er war so riesig wie die Katzen des Fremden.

»Was denn für Verluste?«, keuchte Titus.

»Tu doch nicht so.« Krallen kratzten über seine Flanken, knochige Pfoten trommelten auf seinen Kopf ein. Er kniff die Augen fest zu und rollte sich zusammen. In weiter Ferne heulte eine Sirene.

Es war aus. Dies war das Ende. Er würde allein auf diesem trostlosen Hof aus Beton sterben, und niemand würde je davon erfahren. Ein Gefühl der Erleichterung durchfuhr ihn. Er war froh, dass es vorbei war. Er wollte nicht mehr leben. Er verdiente es, nicht zu leben, nun, nachdem er alle so enttäuscht hatte.

Inzwischen erschien ihm alles bereits weit, weit entfernt, als würde es mit einem anderen geschehen. Sein Körper kam ihm kalt und schwerelos vor. Ihm war, als würde er aus großer Höhe, wie durch einen Schleier aus Schmerzen, Stimmen hören, die sich unterhielten. Benommen fragte er sich, wer sie wohl waren.

»Lass ihn in Ruhe, Ginger.« Die Stimme klang rau.

»Na sieh mal an, wen wir da haben! Ist das ein Freund von dir, Holly?«

»Lass ihn. Er weiß gar nichts.«

»Ha! Dann wird er's eben lernen!«

Irgendetwas traf Titus mit Wucht in die Rippen. Ein leuchtend roter Schmerz durchzuckte seinen Körper …

… wurde blasser und erlosch.

Kapitel 14

Eingehüllt in Finsternis begann Titus zu träumen.

Er war wieder in Mesopotamien und lief den Fluss entlang. Dattelpalmen wiegten sich im warmen Wind. Die Nachtluft roch nach Zimt. Jalal lief neben ihm.

»Jalal! Ich dachte schon, ich würde dich niemals mehr wiedersehen ...«

»Weshalb nach Zimt?«, sagte Jalal, als hätte er ihn nicht gehört.

»Zimt?«

»Vielleicht hast du den Duft bemerkt, der uns umgibt? Nun folge mir und schweige.«

Jalal führte ihn am Flussufer entlang zu einer Gruppe Männer. Sie saßen um ein Lagerfeuer und kochten in einer

zischenden Pfanne ihre Mahlzeit, und aus dieser Pfanne stieg der wunderbarste Duft auf, den man sich vorstellen konnte. Er war angenehm warm und zimtig und er machte Titus ganz verrückt. Seine Nasenflügel zuckten. Das Wasser lief ihm im Maul zusammen. Er war so hungrig.

Ein paar fette, träge Katzen umkreisten das Feuer. Einer der Männer warf ihnen etwas aus der Pfanne zu. Titus strahlte Jalal an. Offensichtlich würden sie sich zu ihnen gesellen. Er würde etwas von dieser verführerisch duftenden Mahlzeit abbekommen.

Jalal schüttelte den Kopf. »Das dort sind keine wahren Katzen. Sie haben verlernt zu jagen. Es sind Aasfresser, gefesselt an diesen Ort durch ihre eigene Gier. Sie sind zu Sklaven der Menschen geworden. Ebenso gut könnten sie tot sein.«

Titus schoss das Blut in den Kopf vor lauter Scham; er musste an das ranzige Fleischstück denken, nach dem er sich in der Stadt verzehrt hatte. »Aber was ist, wenn man hungrig ist und es nichts anderes gibt?«

Jalals Augen glühten bernsteinfarben wie die aufgehende Sonne. »Eine Katze ist die Fleisch gewordene Idee von Freiheit«, erwiderte er scharf. »Man kann sie nicht anbinden. Um wirklich lebendig zu sein, braucht sie ihre Freiheit, und eine freie Katze geht auf die Jagd. Sie frisst weder Aas noch verlässt sie sich auf die Freundlichkeit von Menschen. Sie verlässt sich ganz allein auf sich.«

Titus blickte zu Boden und wünschte, er hätte darin versinken können. »Ich habe versagt, Jalal. Ich habe dich enttäuscht. Ich habe alle enttäuscht.«

»Man versagt nicht, wenn man mal einen Fehler macht, mein Sohn. Worauf es ankommt, ist, ob du daraus etwas lernst.«

Titus blickte hoch. Der alte Kater lächelte ihn an. Es war wie ein Sonnenstrahl in der Finsternis der Nacht.

»Ich möchte lernen, wie man jagt, Jalal.«

»Dann wirst du es auch lernen. Ich werde dir das Wissen zurückgeben, das verloren gegangen ist. Ich werde dir das Jagen beibringen, denn es ist die dritte Kunst. Also, zeig mir dein Bewusstsein: Woher kommt das zirpende Geräusch, das du bei deinem letzten Besuch hier gehört hast?«

Titus stellte die Ohren auf, entschlossen, diesmal nicht zu versagen. Das Geräusch kam vom Flussufer. Mit seinen empfindlichen Schnurrhaaren prüfte er die Luftströme, die den Ton transportierten, bis er seine Quelle genau bestimmt hatte.

»Es sind Grillen«, sagte er. »Vier Stück. Versteckt hinter einem Büschel Schilf.«

»So ist es.« Jalal glitt auf das Schilf zu. Titus staunte über seine Art sich zu bewegen. Er war die personifizierte List.

»Wenn du deine Beute verfolgst«, flüsterte Jalal, »musst du selbst zu deiner Beute werden. Du machst sie zu einem Teil deiner selbst. Atme, wie sie atmet. Denke, wie sie denkt. Wenn du eins bist mit deiner Beute, wirst du jede ihrer Bewegungen erahnen – und du wirst schneller sein. Dies ist das Geheimnis der dritten Kunst und der Grund, warum man sie am besten ganz allein ausübt. Versuche es.«

Die Grillen hinter dem hohen Schilf zirpten weiter, während Titus und Jalal sich an sie heranpirschten. Titus wählte sein Ziel. Reglos saß er, wartete, beobachtete, konzentrierte sein ganzes Bewusstsein auf die Grille. Jedes Mal, wenn sie sich bewegte, folgten seine Sinne ihr, berechneten ihre Geschwindigkeit, ihre Flugbahn. Titus nahm das alles wahr, als gäbe es nichts anderes auf der Welt, als wenn nicht einmal er selbst noch existierte.

Die Grillen wurden unruhig; sie spürten, dass sie beobachtet wurden. Sie waren kurz davor, den Platz zu wechseln – Titus wusste es mit absoluter Sicherheit.

Seine Beine spannten sich wie Stahlfedern, immer straffer, bis der richtige Moment gekommen war. Er katapultierte sich in die Luft. Seine Krallen glitten heraus, stülpten sich über die Beute, drückten sie zu Boden. Er riss das Maul auf, bereit, seine Zähne ...

»DAS REICHT, DAS REICHT!«, schrie Jalal. Titus ließ die benommene Grille los. Was hatte er denn nun schon wieder falsch gemacht?

Jalal holte tief Luft. »Es war ein hervorragender Angriff, du beherrschst die dritte Kunst. Aber das hier ist nur eine Übung. Du hättest sie fast umgebracht.«

»Es ist doch nur eine Grille!«

»Und wir sind nur Katzen. Denk immer daran: Du darfst anderen nur Leid zufügen, wenn es keine Alternative gibt. Nur, wenn dein Leben auf dem Spiel steht. Du nimmst dir so viel, wie du brauchst, mehr nicht. So ist die Welt gemacht.«

»Es tut mir Leid, Jalal«, sagte Titus, der den Schwanz eingezogen hatte. »Das wusste ich nicht.«

»Und wieso hast du dich mit einer einzigen Grille begnügt? Davon wird ja nicht einmal eine Maus satt.«

»Man kann doch nicht mehrere auf einmal fangen.«

»Ach nein?« Jalal grinste. Titus blickte auf die Pfoten seines Urahns hinunter, in denen die anderen drei Grillen zappelten.

»Und nun pass auf«, sagte Jalal. »So wird es gemacht...«

Kapitel 15

Eine Zunge, rau wie Schotter, leckte Titus über das Gesicht und weckte ihn aus seinem Traum.

Sie schabte über eine empfindliche Stelle an seiner Wange. Grelle Farben explodierten in seinem Kopf. Er öffnete die Augen einen Spaltbreit. Etwas verschwommen Schwarzweißes rückte in sein Blickfeld.

»Halt still«, kommandierte eine raue Stimme. »Ich weiß, dass es wehtut, aber es ist notwendig.« Titus schloss die Augen und dachte an Mesopotamien, an Jalal, an das köstliche Zimtgericht, das er nicht gegessen hatte. Alles, sogar Hunger, war besser als diese Schmerzen.

»Na bitte«, sagte sie schließlich. »Du wirst keinen Katzenschönheitswettbewerb gewinnen, aber du wirst weiterleben. Wehe, wenn nicht!«

Titus öffnete die Augen wieder. Holly schaute auf ihn herunter, hinter ihr stand Tam. Sie befanden sich in einer schmalen Verbindungsgasse mit Kopfsteinpflaster, ein ruhiger Weg, der an der Hinterseite großer Stadtgebäude entlangführte. Eiserne Feuertreppen führten zu verrußten Fenstern hinauf. Abflussrohre schlängelten sich nach unten, tauchten durch Gitterroste im Boden hinab in die Kanalisation. Titus vermeinte etwas Schimmerndes zu erkennen, das sich unterhalb der Straßen bewegte – doch er konnte sich auch irren, denn es war Nacht und dunkel in der Gasse.

In der Ferne konnte er die Furcht erregenden Metallmonster über die Straßen donnern hören. Er roch ihren giftigen Qualm in der Luft. Und er hörte das Fauchen und Knurren der Straßenkatzen. Doch in der Gasse waren die drei allein. Von dem rotgelben Kater, der ihn fast getötet hatte, war weit und breit nichts zu sehen.

Titus streckte sich. Kalte, nasse Pflastersteine drückten ihm in die Rippen. Sein Körper bestand nur noch aus Schmerzen. Und dennoch fühlte er sich seltsamerweise gar nicht so schlecht. Er war froh, dass er noch lebte, froh, dass die Katze mit der rauen Stimme ihn gerettet hatte.

»Bist du in Ordnung, Titus?«, fragte Holly. »Du warst eine Ewigkeit bewusstlos.«

»Ich dachte, du machst dir nichts aus Freunden«, sagte er.

»Wir sind nicht befreundet«, fuhr sie ihn an. »Tam hat mir bloß ein schlechtes Gewissen gemacht, weil wir dich allein gelassen haben.«

»Ich?«, lachte Tam. »Als ob ich irgendeinen Einfluss auf dich hätte!«

»Auf jeden Fall ist Gingers Gang zu weit gegangen«, sagte Holly.

Titus erhob sich schwankend. »Du hast dafür gesorgt, dass sie aufhören, nicht wahr? Ich glaube, du hast mir das Leben gerettet.«

»Okay, okay.« Holly klang verlegen. Sie vermied es, ihm in die Augen zu sehen. Mit einem einzigen Sprung war sie hoch oben auf dem Backsteinsims einer Mauer und stolzierte von dannen, stachelig wie immer.

Titus wollte sie nicht noch einmal verlieren. Ohne zu zögern, lief er ihr nach. In null Komma nichts war er oben auf dem Sims. Sein Körper wusste genau, was er tun musste: Er brauchte Holly nur zu folgen. Hinter ihm kam Tam.

Er trottete zwischen den beiden bis zum Rand der Mauer, wo Holly stehen blieb, um zum Himmel hochzuschauen.

Titus folgte ihrem Blick. Ein weißes Stückchen Mond schimmerte dort oben. Es war gewachsen, seit Titus es das letzte Mal betrachtet hatte. Es hatte sich verändert, war immer größer und heller geworden.

Titus senkte den Kopf. »Wo genau sind wir?«

»Wir sind in der Stadtmitte«, antwortete Holly. »Niemand anders kennt diese engen Gassen. Hier bist du sicher.«

»Sicher, wovor?«

»Vor den Gangs, Dummkopf. Auf dieser Seite des Parks ist nur die Stadtmitte neutraler Boden. Gingers Gang hat den Osten. Sally Bones herrscht über den Westen. Was auch passiert, versuch niemals dich mit ihr anzulegen, wie du es bei Ginger gemacht hast. Ich glaube nicht, dass dir jemand helfen könnte, wenn du es tätest. Ginger ist ein rauer Kerl, aber im Grunde seines Herzens ist er immer noch einer von uns. Sally Bones ... Sie ist irgendwie anders.«

»Pscht!«, zischte Tam. »Bestimmt hört sie dich!«

»Sei nicht albern«, sagte Holly.

»Sie ist überall«, flüsterte Tam.

»Niemand ist überall. Das ist Unsinn.«

»Wie erklärst du es dir dann?«, sagte Tam. »Du hast es doch selber gesagt: Sie ist keine von uns. Sie ist irgendwie anders.«

Titus fragte sich, was sie wohl meinte. »Keiner von uns«, das hatte seine Familie auch immer über ihn gesagt. »Was ist denn so schlimm an ihr?«, erkundigte er sich.

Tams Augen wurden immer größer, während sie sprach: *»Sie ist ... vollkommen ... weiß.«*

114

Holly schnaubte verächtlich. »Wahnsinn. Und du bist vollkommen braun. Na und?«

»Sie tut Dinge, die keine Katze kann«, sagte Tam düster.

»Was denn für Dinge?«, fragte Titus.

Tam erschauerte. »Es ist gefährlich, auch nur daran zu denken!«

Holly verdrehte die Augen. Titus musste lächeln. Tam war immer so dramatisch.

»Ich werde es niemandem weitererzählen«, versprach er. »Ich kann Geheimnisse für mich behalten.«

»Also ...«, Tam sah sich nervös um, »also gut. Nur eins noch. Sie kann sich unsichtbar machen. Sie taucht einfach so aus dem Nichts auf und man bemerkt sie erst, wenn es zu spät ist. Das ist der Grund, warum niemand sie besiegen kann.«

»Das sind doch bloß Geschichten«, sagte Holly. »Und ich glaube sie nicht. Aber sie ist die gnadenloseste Katze in der ganzen Stadt, keine Frage. Sogar Ginger fürchtet sich vor Sally Bones ...«

»Bitte!«, flehte Tam. »Sprich ihren Namen nicht aus!«

»Außerdem beansprucht ihre Gang alles an Futter für sich allein«, fuhr Holly fort. »Deshalb müssen wir solche Stellen hier geheim halten.« Sie sprang von der Mauer. Titus und Tam folgten ihr. Holly zwängte sich unter einem niedrigen Zaun in die nächste Gasse. Der Zaun hätte Titus abgehalten, wäre Holly nicht vor seinen Augen hindurchgeschlüpft.

»Sie wildern jetzt auch in Gingers Territorium. Deswegen wurde er so heftig, als du dich an seine Tonnen rangemacht hast«, sagte sie.

»Das bringt mich wieder zurück zum Thema«, sagte Tam. »Was essen wir eigentlich? Ich habe Hunger.«

»Ich auch«, sagte Titus.

Holly zuckte mit den Schultern. »Hier gibt es nichts, ich habe schon alles überprüft. Wir könnten im Park nachsehen. Oder jagen gehen.«

»Jagen bedeutet, dass jeder für sich allein unterwegs ist«, sagte Tam. »Ich möchte, dass wir zusammenbleiben.« Sie ließ den Kopf hängen. »Außerdem ist Jagen schwierig«, murmelte sie.

»So schwer ist es nicht«, sagte Titus.

»Du?«, sagte Holly und baute sich vor ihm auf. »Du kannst jagen?«

Titus war sich nicht sicher. Er glaubte es, aber bis jetzt hatte er ja nur im Traum gejagt. »Ich denke ja.«

Holly lachte. »Entweder du kannst es oder nicht. Und ich habe noch keine Hauskatze getroffen, die es konnte.« Sie warf Tam einen Blick zu. »Es gibt sogar viele Straßenkatzen, die es nicht können.«

»Nur weil du so viel kannst, bist du noch lange nicht die Größte«, sagte Tam. »Ich finde es wichtiger, dass man mich mag, als ein langweiliger Alleskönner zu sein!«

»Aber ich mag dich doch, Tam«, erwiderte Holly grinsend. Ihre senfgelben Augen funkelten spöttisch.

»Wirklich?«, fragte Tam misstrauisch.

»Natürlich tu ich das.« Holly klang ganz ernst. Tam entspannte sich und lächelte. »Jeder mag dich«, fuhr Holly fort. Tams Lächeln wurde immer breiter. »Und weißt du, wer dich am allerliebsten mag?«

»Wer denn?«, fragte Tam. »Wer, Holly? Sag's mir, wer?«

»*SALLY BONES!*«, brüllte Holly.

Tam sprang erschrocken zurück. Holly lachte über ihren geschockten Gesichtsausdruck. Titus kicherte. Trotz ihrer stechend gelben Augen besaß Holly einen Sinn für Humor. Doch die arme Tam hatte nicht damit gerechnet und das zottelige braune Fell stand ihr zu Berge.

»Das ist überhaupt nicht komisch«, sagte sie, während ihre Haare sich langsam wieder legten.

»Na komm«, sagte Holly grinsend. »Wir gucken mal, was wir im Park finden.«

Kapitel 16

Sie traten aus Hollys geheimen Gassen hinaus auf eine Seitenstraße. Hier war die Stadt lauter. Ganz in der Nähe konnte Titus das Kreischen und Brüllen der Metallmonster hören. Auch Menschen waren unterwegs; ihre langen schreitenden Schatten huschten über die Häuserwände und ihre Schuhe klickerten auf dem Bürgersteig.

»Duckt euch«, sagte Holly, während sie sie durch die schwarzen, regennassen Straßen führte. »Passt auf, dass ihr nicht gesehen werdet. In diesem Teil der Stadt kann man nicht vorsichtig genug sein.«

»Hier gab es viele Verluste«, fügte Tam hinzu.

Wieder dieses Wort: Verluste. Alle schienen davon zu sprechen. »Was sind die Verluste?«, fragte Titus.

»Es passiert überall in der ganzen Stadt«, flüsterte Tam. »Aber hier ganz besonders. An dem einen Tag ist eine Katze da. Am nächsten ist sie plötzlich fort. Ohne die geringste Spur zu hinterlassen, einfach weg. Verschwunden.« Ihre braunen Augen schlossen sich vor Entsetzen. »Manche behaupten, dass *sie* dahinter steckt.«

Titus schmunzelte und blickte zu Holly, die sicher gleich wieder einen Witz darüber machen würde. Doch sogar Hollys Schwanz tanzte ängstlich hin und her.

119

»Die Wahrheit ist, dass niemand es weiß«, sagte sie und ihr stacheliges schwarzweißes Fell sträubte sich. »Das ist ein weiterer Grund, warum Ginger und seine Gang im Moment so gereizt sind. Sie haben eine Menge guter Katzen verloren. Wer wird die nächste sein? Das ist die Frage.«

Die Frage ließ Titus an sein Zuhause denken. Wen würden der Fremde und seine Katzen sich als Nächstes vornehmen, nun, da der Alte Tatz nicht mehr am Leben war? Ihm schauderte bei dem Gedanken. Die Welt, aus der er kam, und die Draußenwelt waren so unterschiedlich. Hier hatten der Fremde und die blauen Kurzhaarkatzen keinerlei Bedeutung; im Hause der Komtess hingegen gab es weder Gangs noch unerklärliche Verluste. War er der Einzige, der diese beiden Welten miteinander verband? Wer war er dann? Und wohin gehörte er?

Ohne einen Hund konnte er nicht nach Hause zurückkehren, so viel war ihm klar. Aber was würde er brauchen, um in der Draußenwelt ein neues Leben zu beginnen?

»Vielleicht sollte ich mich einer Gang anschließen«, überlegte Titus laut. In einer Gang würde es keine Rolle spielen, dass er keine echte mesopotamische Kurzhaar blau war oder dass er seine Familie enttäuscht hatte. Niemand würde es wissen. Niemanden würde es kümmern. Er konnte er selbst sein, er konnte irgendwo dazugehören, vielleicht sogar Freunde haben.

»In einer Gang wirst du immer nur herumgeschubst und dir wird vorgeschrieben, was du zu tun hast«, sagte Holly. »Immer nur ›Ja, Boss‹ hier und ›Ja, Boss‹ da.«

»Meine Gang wäre aber anders«, sagte Titus. »In meiner Gang könnte man tun, was man wollte.«

»Und wer soll bei deiner Gang mitmachen?«

»Na ja, es gibt euch beide. Und mich. Das ist doch schon mal ein Anfang.«

»Klingt nett«, sagte Tam.

Holly lachte. »Findest du? Und was ist mit dem winzigen Problem, dass einer in unserer Gang keinen blassen Schimmer hat, was er tut?«

Titus blieb stehen und reckte sich zu seiner vollen Größe. »Sie waren zu fünft!«, protestierte er.

»Das meine ich doch gar nicht. Ich meine … na ja, alles. Alles, was du wissen musst, um in der Stadt zu überleben. Wie man Futter findet und einen Unterschlupf. Wie man sich Probleme vom Hals hält. Wie man …«

»Ich kann Futter finden. Ich bin ein Jäger.« Er wusste, dass sie ihm nicht glaubte, aber er konnte sich einfach nicht mehr beherrschen. »Ich bin der größte Jäger der Welt!«

»Der größte Jäger der Welt?«, höhnte sie. »Du? Schmusekater Titus? Du könntest dir doch nicht mal dein eigenes Frühstück …«

Aber Titus hörte schon nicht mehr zu. Angestachelt von Hollys Worten, folgte er seinen Sinnen bis zu einer Abzweigung. Er würde es ihr schon zeigen.

»Warum bist du so gemein zu ihm?«, sagte Tam. »Es ist klar, dass er nicht jagen kann, aber du must doch nicht …«

»Lass mich doch ausreden! He, Titus, komm zurück! Allein bist du nicht sicher! Wo willst du denn hin?«

»Mir mein Frühstück besorgen«, knurrte er.

Er konnte das Summen der Straßenlaternen hören, das Brüllen der Hunde, den Lärm der Stadt, der niemals aufhörte. Aber über alldem nahm er noch etwas anderes wahr; etwas in seiner Nähe, das ihn anzog.

Er folgte ihm in die Schatten, entfernte sich immer weiter von den Laternen.

»Komm zurück!«, brüllte Holly.

Langsam gewöhnten sich seine Augen an die Dunkelheit. Weiter hinter in der engen Gasse konnte er einen aufgeweichten Stapel aus Papier und Kartons erkennen. Und er roch Futter: salzig, fischig, ölig. Doch das war es nicht, was ihn angezogen hatte. Sein Bewusstsein machte sich mit einem Kribbeln bemerkbar. Dort drüben war noch etwas anderes ...

Es war, als würde er beobachtet, nicht nur von Holly und

Tam, sondern von einem Teil der Dunkelheit, von Augen, die so schwarz waren wie die Finsternis ringsum. Er schickte sein Bewusstsein weit hinaus. Was er spürte, war seltsam und kalt: etwas, das nicht mehr ganz lebte, aber auch noch nicht ganz tot war. Er verzog irritiert das Gesicht. Irgendetwas daran stimmte nicht.

»Titus Tatz! Dort hinten ist es gefährlich! Komm sofort zurück!« Es war Holly. Er schaute zurück, bedeutete ihr zu schweigen und wandte sich wieder um; seine Erregung wuchs. Doch das seltsame Gefühl war fort, spurlos verschwunden. Hatte er es sich nur eingebildet? Das Gerede über die Verluste kam ihm wieder in den Sinn ...

Irritiert prüfte er die Finsternis erneut mit seinen Schnurr-

haaren. Bewegung. Diesmal fühlte er Bewegung, dort hinten in der Dunkelheit. Was war das? Hinter dem Müll versteckt regte sich etwas Kleines und Geschmeidiges ...

Eine Maus. Es war bloß eine Maus.

Seine Anspannung ließ nach und er grinste. Das musste es von Anfang an gewesen sein. Nichts weiter als eine richtige, lebendige und sehr frühstückstaugliche Maus.

Das ist er also, sagte Titus sich. Mein großer Moment. Meine erste Beute. Das hier ist kein Spielzeug. Das hier ist kein Traum. Es passiert wirklich.

Nicht bewegen, nicht bevor sie in Reichweite ist. Nicht einmal atmen. Da ... da kommt sie. Sie ahnt nichts Böses.

Jagen, die dritte Kunst: *Wenn du deine Beute verfolgst, musst du selbst zu deiner Beute werden.*

Seine winzigsten Bewegungen, verschmolzen geradezu mit der Maus. Sie kam immer näher ... und näher ...

ZACK! Seine Pfote schoss nach vorn und traf die Maus am Kopf, hart. Überrumpelte sie. Hielt sie zu Boden gedrückt. Sein Maul umschloss ihren Nacken. Seine Zähne bohrten sich hinein: der tödliche Biss.

Titus rang nach Luft. Er hatte tatsächlich getötet. Und es war, als hätte er zugleich ein Stück von sich selbst getötet.

Es tut mir Leid, dachte er und begann zu zittern. Es tut mir Leid, aber ich muss essen.

So viel, wie du brauchst, mehr nicht. So ist die Welt gemacht.

Er beugte sich hinunter und hob den Körper auf. Seine erste getötete Beute. Titus bedankte sich im Stillen und biss in sein Frühstück.

124

Es war seltsam. Von außen sah sie aus wie die Spielzeugmaus im Haus der Komtess, und sie roch auch so. Doch kaum hatte Titus hineingebissen, wurde ihm klar, dass dies etwas Neues war. Es schmeckte ganz anders als alles, was er bisher gegessen hatte. Richtiges Futter, frisch und warm. Es stillte mehr als nur seinen Hunger.

»Hast du das gesehen?«, fragte Tam. »Hast du gesehen, wie er das gemacht hat, Holly? *Wamm!* Sie hatte nicht die geringste Chance!«

»Ich hab's gesehen«, sagte Holly.

»War das nicht toll?«, sagte Tam begeistert. »Wo hast du das denn bloß gelernt, Titus? Bringst du es mir bei?«

»Ehrlich gesagt war es das erste Mal«, gestand Titus.

Holly nickte. »Das dachte ich mir schon. Aber ich habe schon schlechtere erste Male gesehen. Bedeutend schlechtere.« Sie zwinkerte ihm zu. »Vielleicht bist du ja doch nicht so ungeschickt, wie du aussiehst, Mr Tatz.«

Titus lächelte. Er würde sich nie wieder auf Menschen verlassen müssen. Er war jetzt ein Jäger. Er beherrschte die dritte Kunst.

Tams Nase begann zu zucken. »Was ist das für ein Geruch?«, sagte sie. Titus und Holly schnupperten. Die Gasse schien in einer stockdunklen Kurve zu verschwinden, und der salzige Fischgeruch kam von einer Stelle weiter hinten, die sie nicht einsehen konnten. Der Duft erinnerte Titus an den Kaviar des Fremden – etwas, was er niemals wieder würde essen müssen.

»Das riecht fantastisch«, sagte Tam. »Ich seh mal nach.«

»Besser nicht«, warnte Holly. »Wir sind zu dicht an Gingers Gebiet. Geh lieber kein Risiko ein. Warte, bis wir im Park sind.«

Tam leckte sich das Maul. »Immerhin ist es nicht *ihr* Territorium. Und es riecht so gut, Holly. Kein anderer ist in der Nähe, es wird schon gut gehen. Komm, Titus, wir gehen essen!«

»Magst du diesen Geruch wirklich?«, fragte er.

»Es ist hier schon gefährlich«, sagte Holly. »Ich gehe keinen Schritt weiter.«

»Spielverderberin«, brummte Tam. »Holly weiß alles besser. Immer weiß Holly alles besser.«

»Stimmt, das tu ich.«

»Aber ich wette, im Park gibt es nichts«, sagte Tam. »Wirst schon sehen!«

Tam hatte Recht. Im Park hatten längst andere nach Futter gesucht und es fand sich überhaupt nichts zu essen. Sie mussten hungrig bleiben – mit Ausnahme von Titus Tatz.

Kapitel 17

In dieser Nacht kehrte Titus im Traum nach Mesopotamien zurück. Die Dattelpalmen wiegten sich im warmen Wind und zimtiger Essensgeruch erfüllte die Luft. Er blickte zum Fluss hinunter, wo sich der Mond und die Sterne schimmernd spiegelten, so groß und hell, dass er fast meinte, hineinbeißen zu können.

»Dieser Fluss heißt Tigris«, erklärte ihm Jalal. »Eines Tages werde ich dir mehr von ihm zeigen, denn du kannst eine Menge von ihm lernen. Aber heute Nacht müssen wir die vierte Kunst üben: die Langsamzeit.«

Der alte Kater schien einen Moment lang zu flimmern.

Titus blinzelte und das Flimmern hörte auf. »Was war das?«

»Langsamzeit«, sagte Jalal. »Ich bewege mich schneller, als deine Augen mir folgen können.«

Titus starrte ihn an. Langsamzeit, das war eine der Künste, von denen der Alte Tatz gesprochen hatte: Langsamzeit, Energiefluss, Schattengehen. »Bring es mir bei, Jalal.«

»Die Langsamzeit beginnt mit dem richtigen Atmen«, erklärte sein Urahn. »Zunächst einmal musst du also lernen zu atmen. Zähle deine Atemzüge. Ein, aus, ein, aus. Merkst du es? Du atmest schnell und oberflächlich, wie die meisten Katzen. Atme tiefer. Ja. Nutze deine Lungen voll aus. Gut. Und nun zähle. Ein ... zwei, drei. Aus ... zwei, drei. Ein ... zwei, drei. Aus ... zwei, drei.«

Sie saßen am plätschernden Fluss und atmeten immer langsamer.

»Langsamer«, sagte Jalal. »Ein ... zwei, drei, vier. Aus ... zwei, drei, vier. Sehr gut. Verlangsame deine Gedanken. Wenn du erst einmal in der Langsamzeit bist, wird es dir vorkommen, als ob sich alles um dich herum verlangsamt. Aber du selbst wirst schnell sein. Schneller als alles andere.«

Titus blickte zum mesopotamischen Himmel hinauf. Er konnte sehen, wie sich das Sternenlicht über gewaltige Entfernungen aus Raum und Zeit krümmte. Eine seltsame Energie durchflutete ihn. Sein Körper fühlte sich leicht an, leicht wie Licht.

»Je langsamer du wirst, desto schneller bist du«, sagte Jalal. »Spürst du es? Du wirst immer laaaangsamer.« Die Energie pochte in Titus' Bauch. Jalals Stimme klang, als würde sie sich dehnen, als würde sie zerlaufen, in alle Richtungen ausstrahlen. »Hab keine Angst. Dies ist die Kunst der Langsamzeit. Und nun übe!«

Kapitel 18

»Ich verhungere bald«, klagte Tam spät am nächsten Abend, als sie sich in ihre engen Gassen zurückgezogen hatten. Die drei saßen zusammen auf einer hohen Backsteinmauer und dachten ans Essen. »Mein Bauch schrumpft schon. Ich kann es spüren.«

»Meiner auch«, sagte Titus. »Die Maus war gut, aber es war nur eine Maus.«

»Ihr habt Recht«, sagte Holly. »Die Situation wird langsam ernst. Es wird Zeit für eine drastische Aktion und ich habe auch einen Plan.« Sie musterte Titus von oben bis unten. »Aber zuerst mal musst du anständig aussehen. Sag mal, Mr Tatz, hast du vielleicht vor, dich irgendwann mal zu waschen?«

Titus schüttelte den Kopf. Er war in der Draußenwelt; er brauchte sich nicht zu waschen. »Zu Hause hat Mutter mich immer gewaschen. Ich hab es gehasst.«

»Du bist jetzt aber nicht zu Hause.«

»Jetzt geht das schon wieder los«, stöhnte Tam.

»Ich muss nichts tun, wozu ich keine Lust habe«, sagte Titus.

»Du kannst tun und lassen, was du willst«, pflichtete Holly ihm bei, »aber sieh dich doch mal an! Das fällt den Menschen auf. Sie werden denken, dass du eine herumstreunende Katze bist, und dich mitnehmen.«

Titus inspizierte sein Fell. Holly hatte Recht: Er war ganz schmutzig. Die feinen silberblauen Haare waren vollkommen dreckverkrustet.

»Ich mag das«, sagte er, ziemlich zufrieden mit sich.

»Außerdem«, fügte sie hinzu, »stinkst du.« Er zeigte keine Reaktion. »Entschuldige, aber das tust du wirklich.« Titus sah zu Tam hinüber. Aber diesmal schwieg auch sie.

»Okay, okay«, brummte er und begann widerwillig, seine Pfoten zu lecken. »Manchmal klingst du echt genau wie meine Mutter.« Nach ein paarmal Lecken hielt er inne. »Ist es so besser?«

Holly sah ihm ruhig in die Augen. »Ich sage es nicht, um dich zu ärgern. Ich sage es, weil es gefährlich ist, schmutzig auszusehen. Du wirst die Aufmerksamkeit auf uns lenken und mir meinen Plan verderben. Jetzt wasch dich gefälligst anständig oder ich gehe.« Titus schnaufte wütend, aber er widmete sich wieder seiner Katzenwäsche. »Wenn du eine blaue Wasweißich bist, solltest du auf dein Äußeres großen Wert legen«, ermunterte sie ihn.

»Wir sind die vornehmsten aller Katzen«, nuschelte er mit Dreck im Maul. Doch hier in der Stadt klang die alte Prahlerei hohl. Wäre irgendjemand aus seiner Familie einem Fremden zu Hilfe geeilt? Der Alte Tatz vielleicht, die anderen nicht. Wer also war vornehmer: eine mesopotamische Kurzhaar blau oder die stachelige Straßenkatze, die ihm das Leben gerettet hatte?

Die Frage beschäftigte ihn. Sie stellte alles, woran er glaubte, auf den Kopf. Er schob den Gedanken beiseite und konzentrierte sich auf das Waschen.

»In Ordnung«, sagte Holly schließlich. »Das wird reichen.« Titus' Fell war mattgrau. Es sah ganz gewöhnlich aus, überhaupt nicht mehr wie das Fell einer mesopotamischen Kurzhaar blau – und das gefiel ihm.

»Nun das Halsband«, sagte sie. »Als Straßenkatze kannst du kein Halsband tragen. Komm her.«

Das klang schon besser. Er hatte dieses Ding um seinen Hals immer schon gehasst. Holly nagte an dem Band. Er war ihr ausgeliefert, so wie er hier auf dieser Mauer balancierte und sich ihre scharfen Zähne nur einen Biss von seiner Kehle entfernt befanden. Doch er vertraute Holly. Sie hatte ihn gerettet. Sie waren Freunde.

»Na also.« Sie wich zurück. Titus wackelte mit den Schultern und das verhasste Halsband glitt zu Boden. Es fiel durch das Gitter eines Gullys und verschwand in der Kanalisation unterhalb der Stadt. Nun war er nichts weiter als eine der vielen Straßenkatzen, ohne Bindungen, ohne Zuhause, ohne Familie.

»Gut«, sagte Holly. »Du gehörst zu uns. Wenn wir sie treffen, sagst du genau das.«

»Wen treffen?«, fragte Titus, obwohl er die Antwort bereits kannte. Er grinste. »Doch nicht etwa die große, gefährliche Sal...«

»Bitte!«, rief Tam. »Du weißt ja nicht, was du da sagst!«

»Das ist kein Scherz«, sagte Holly. Es klang vollkommen

ernst. Titus' Grinsen erstarb. »Unser Weg führt an ihrem Territorium vorbei. Hast du schon vergessen, was Ginger dir angetan hat? Ihre Katzen sind schlimmer. *Viel* schlimmer.«

Sie brachen schweigend auf, jeder hing seinen eigenen Gedanken nach. Holly führte sie durch die Seitenstraßen, wobei sie immer Wege wählte, die ruhig und unauffällig waren. Doch das Licht und der Stadtlärm nahmen zu, je weiter sie kamen. Schon bald konnten sie dem grellen Schein der schmutzig orange leuchtenden Straßenlaternen nicht mehr ausweichen. Inzwischen bewegten sie sich mitten auf dem Fußweg auf eine Kreuzung zu.

Hollys Fell schoss in die Höhe. »Deckung!«, zischte sie.

Sie drückten sich in die Gasse zurück, gerade noch rechtzeitig, ehe auf der anderen Seite der Kreuzung eine Schar patrouillierender Katzen auftauchte. Titus' Magen verkrampfte sich, als er sie sah, und die Striemen an seiner Wange, die Ginger ihm zugefügt hatte, begannen wieder zu brennen. Holly hatte Recht. Diese Katzen wirkten viel brutaler als der Kater, der ihn beinahe getötet hätte.

Es waren sieben. Sie stolzierten den Bürgersteig entlang, als ob ihnen die ganze Welt gehörte. Andere Katzen machten ihnen Platz und huschten davon, sobald sie sich näherten. Angeführt wurde der Trupp von einem muskulösen gestreiften Kater. Titus sah für einen kurzen Moment sein Gesicht. Es war mit Narben übersät.

»Das ist Razor«, flüsterte Tam. »Einer der Anführer von *ihr*.«

Die drei kauerten schweigend in ihrem Versteck, beobachteten, warteten ab, bis die Patrouille vorbeimarschiert war.

»Okay«, sagte Holly schließlich. »Die Luft ist rein. Kommt schnell, ehe sie zurückkommen.«

»Diese Kreuzung ist die Grenze«, erklärte Tam, als sie die sichere Gasse verließen. »Achte darauf, dass du sie bloß nie überschreitest.«

»Mach ich«, sagte Titus.

Es gab keine dunklen Gassen, wo Holly sie nun hinführte. Stattdessen standen dort weiße Hochhäuser um einen großen quadratischen Platz. In ihrer Mitte sprudelte eine Fontäne und eine große steinerne Säule ragte in den Himmel.

Rings um den Sockel der Säule befanden sich vier Statuen, an jeder Ecke eine. Es waren Löwen aus schimmernder Bronze. Wahre Riesen. Jede ihrer Pranken hatte die Größe eines Menschen. Zottelige, wilde Mähnen umrahmten ihre Köpfe; stolze, freie, unerschrockene Gesichter.

Sie waren so mächtig, so prächtig, so selbstsicher.

»So müssten wir auch sein«, flüsterte Tam.

»So *könnten* wir sein«, sagte Titus. »Sie sind großartig.«

Sie blieben eine Weile sitzen und betrachteten einfach nur die Figuren.

»Wir können nur spät in der Nacht hierher kommen«, sagte Holly. »Tagsüber ist es zu voll: Menschen, Autos, Hunde. Aber wenigstens ist es neutraler Boden. Die Gangs kümmern sich nicht darum. Was bedeutet, dass sie sich auch nicht um diese Vögel dort kümmern.«

134

Titus sah ein zweites Mal hin. Vor lauter Begeisterung über die Statuen hatte er kaum bemerkt, dass es auf dem Platz von

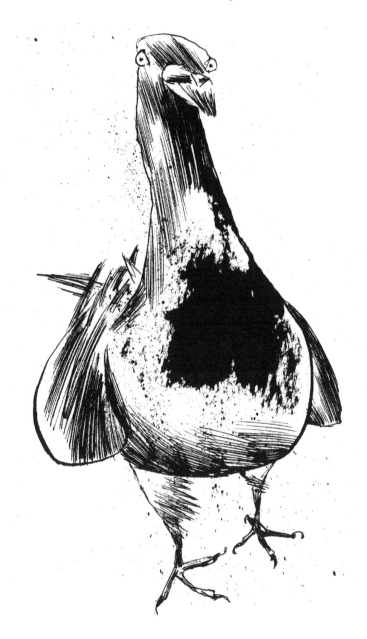

Tauben nur so wimmelte. Dutzende stolzierten im Mond-
licht umher und es kamen immer noch mehr nach. Die Luft
war erfüllt von ihrem Getriller und Gegurre.

»Nun, erklär mal, Mr Tatz«, sagte Holly. »Wie genau
würdest du so eine jagen?«

»Wie meinst du das?«, fragte Titus, plötzlich misstrauisch.
Wollte sie sich etwa über ihn lustig machen? Er hatte noch
nie versucht einen Vogel zu jagen; es erschien ihm viel zu
schwierig.

»Ich meine, geh und hol dir eine von diesen Tauben.«

Es klang wie eine Herausforderung. Er sah ihr in die senfgelben Augen. Sie machte nicht den Eindruck, als wollte sie
ihn aufziehen. Sie meinte es ernst.

»Also gut«, erwiderte er. »Ich versuch's.«

»Holly!«, sagte Tam. »Das ist unfair. Beachte sie gar nicht, Titus. Sie ist bloß wieder gemein.«

»Ich will es versuchen«, sagte er und blickte Holly dabei unverwandt in die Augen. Sie lächelte.

Titus pirschte sich auf den Platz. Er wählte eine der Tauben aus und richtete sein ganzes Bewusstsein auf sie. Er beobachtete sie mit seinen Augen, seinen Ohren, seinen Schnurrhaaren. Nichts, was die Taube tat, konnte ihn jetzt noch überraschen: Er und sie waren eins.

Er kroch auf die Taube zu, verstohlen wie Jalal. Auf der ganzen Welt gab es nun nichts mehr außer ihm und seiner Beute. Titus sprang ...

... und Hunderte von Flügeln flatterten auf ihn zu; Hunderte von Krallen fuhren aus; Hunderte von Schnäbeln krächzten chaotisch durcheinander.

Panik! Titus floh vor dem Schwarm. Etwas so Heftiges hatte er nicht erwartet. Sein Fell sträubte sich und sein Schwanz zitterte. Er versteckte sich hinter Holly und Tam und beobachtete aus sicherer Entfernung, wie die Vögel sich wieder niederließen.

»Titus!«, rief Tam. »Bist du okay?« Er schüttelte den Kopf. »Ich hab dir doch gesagt, Holly, dass niemand das kann!«

»Genau«, sagte Holly. »Genau dasselbe passiert mir auch jedes Mal. Das ist der Grund, warum sich nicht mal die Gangs für diesen Platz hier interessieren. Aber ich denke

immer, wenn wir bloß rausfinden könnten, wie man diese Vögel fängt, müssten wir nie wieder hungern.«

»Es ist unmöglich«, keuchte Titus. Sein Puls raste immer noch. »Unmöglich!«

»Für eine einzelne Katze, ja«, sagte Holly. »Und es stimmt, normalerweise jagen wir allein. Aber stellt euch vor, wenn drei von uns ... zusammen jagen würden ... dann könnte es funktionieren. Also, das ist mein Plan. Was haltet ihr davon?«

»Okay«, sagte Titus Tatz.

»Mir gefällt das ganz und gar nicht«, sagte Tam. Sie vergrub ihren Kopf zwischen den Pfoten und rollte sich zusammen, um zu schlafen. »Weckt mich, wenn es Zeit wird, nach Hause zu gehen.«

Kapitel 19

Titus und Holly saßen die ganze Nacht bei den riesigen Bronzelöwen und redeten. Außer dem Plätschern der Fontäne und dem Gegurre der Tauben gab es nichts, was sie hätte ablenken können.

Anfangs kam es Titus seltsam vor. Noch nie hatte sich jemand mit ihm über das Jagen unterhalten. Er konnte noch immer nicht richtig fassen, dass sich eine gleichaltrige Katze dafür interessierte anstatt für sinnlose Kätzchenspiele wie Jay, Jethro und Jerome. Aber so war es. Mit Holly konnte man wunderbar reden, denn sie war wie er. Sie hatte dieselbe Art zu denken.

Manchmal hatte er Mühe, mit ihr Schritt zu halten. Immer wenn er gerade glaubte, die Lösung für ein Problem gefunden zu haben, kam sie mit einer neuen schwierigen Frage: Warum nicht lieber so statt so? Und sie hatte Ideen, auf die er nie gekommen wäre. Aber ein paar eigene hatte er auch; und gemeinsam entwarfen sie einen Plan.

In dieser Nacht fühlte Titus etwas, was er nie zuvor gefühlt hatte. Oder genauer gesagt: Er fühlte es nicht mehr – er fühlte sich nicht mehr allein.

Kurz vor Sonnenaufgang weckten sie Tam und erklärten ihr den Plan. Ihre Augen weiteten sich vor lauter Angst.

»Ich?«, fragte sie. »Ihr wollt, dass *ich* so etwas *tue*? Warum ich?«

»Kannst du meinen Part übernehmen?«, sagte Holly. »Oder den von Titus?«

»Äh, nein ... Aber ...«

»Du musst es tun, Tam«, sagte Titus. »Ohne dich kann es nicht funktionieren.«

»Im Ernst?«, fragte sie.

»Natürlich«, sagte Holly. »Und wenn du es machst, verspreche ich, dass ich *ihren* Namen nicht mehr sage!«

»Also dann«, erwiderte Tam, »worauf warten wir noch?«

Sie nahmen ihre Plätze ein, als die ersten Sonnenstrahlen sich über die weißen Häuser ergossen und den Platz mit Licht füllten. Alles begann zu glühen: der Boden, der Himmel, sogar das Wasser der Fontäne. Titus pirschte sich von der einen Ecke des Platzes an die Tauben heran, Holly von einer anderen. Tam stellte sich den beiden gegenüber auf die andere Seite des Taubenschwarms.

Auf Hollys Zeichen sprang Tam auf die Tauben zu. Hunderte Vögel schlugen mit den Flügeln, wild und gefährlich, alle gemeinsam. Tam rannte weiter, wurde nicht langsamer, einfach nur stur hinüber zur anderen Seite, so pfeilschnell, dass die Tauben sie nicht aufhalten konnten – und auf der anderen Seite, die Morgensonne im Rücken, kamen Titus und Holly hervorgeschossen.

Es hätte so einfach sein können. Die Vögel waren durch Tam abgelenkt und sahen Titus und Holly im blendend hellen Licht nicht kommen. Das war der Plan.

Doch bereits als Titus sich in den Schwarm stürzte, während ihm prickelnde Jagdlust durch die Adern schoss, begannen die Dinge aus dem Ruder zu laufen. Tam war schon durch den Schwarm hindurch, doch noch immer waren zu viele Tauben dicht beieinander. Er und Holly hatten den Rand des Schwarms erreicht, kamen jedoch an keinen einzelnen Vogel nah genug heran, um angreifen zu können.

Die Vögel kamen auf Holly zu, mit wild flatternden Flügeln, mit ausgefahrenen Krallen. Sie ergriff nicht die Flucht. Sie blieb tapfer stehen, gab ihr Bestes, aber inzwischen umzingelten die Tauben sie, hackten laut kreischend und mit scharfen Schnäbeln auf sie ein.

Holly war in Bedrängnis. Sie saß in der Falle und konnte nicht heraus. Die Tauben zerrten, kratzten, rissen an ihr ...

Titus sah die wachsende Panik in Hollys Gesicht. Tam stand hilflos auf der anderen Seite. Rasch ... er musste rasch etwas unternehmen!

Langsamzeit, die vierte Kunst: *Es wird dir vorkommen, als ob sich alles um dich herum verlangsamt. Aber du selbst wirst schnell sein. Schneller als alles andere.*

Würde es in der wirklichen Welt ebenfalls funktionieren? Er atmete. Ein ... zwei, drei, vier. Aus ... zwei, drei, vier.

Und die Flügel ... wurden ... langsamer.

Titus nahm jeden Flügelschlag wahr, jeden einzelnen Schnabelhieb. Er tauchte hinter Holly in den Schwarm, bewegte sich mühelos durch das Chaos, brachte die Vögel dazu, für kurze Zeit in alle Richtungen auseinander zu flattern.

143

»Holly!«, rief er. Sie hob den Kopf und sah ihn. Das genügte, um die Panik in ihren Augen zu brechen. Blitzschnell nutzte sie die Lücke, die er geschaffen hatte, sprang aus der Mitte des Schwarms heraus und zu Tam hinüber, auf sicheres Terrain. Nun, da die Gefahr gebannt war, atmete Titus wieder normal und wechselte aus der Langsamzeit zurück. Es hatte funktioniert! Die vierte Kunst funktionierte tatsächlich!

»Haben sie dich verletzt?«, keuchte er, als er Holly eingeholt hatte.

»Mir ist nichts passiert«, sagte sie, obwohl sie am ganzen Körper zitterte. »Danke, dass du mich rausgeholt hast«, fügte sie sehr viel leiser hinzu.

»Keine Ursache.«

»Er hat dich gerettet, Holly!«, brach es aus Tam hervor.

»Ich denke, nun sind wir quitt«, murmelte Holly.

»Deswegen habe ich es nicht getan«, sagte Titus.

Holly wich seinem Blick aus, aber für einen kurzen Moment vermeinte Titus ein Lächeln über ihr Gesicht huschen zu sehen. »Los, kommt«, sagte sie und schlich davon. »Wir müssen uns beeilen. Am helllichten Tag möchte ich lieber nicht hier bleiben. Das ist zu gefährlich.«

»Willst du es nicht noch mal versuchen?«, fragte Titus. Er wusste, wie sehr ihr der Schreck noch in den Gliedern saß – ihr Fell hatte sich noch nicht gelegt –, aber vielleicht würde ein zweiter Versuch gerade gut sein.

»Wozu denn?«, sagte sie, während sie den Weg durch die Stadt zurücktrottete. »Der Plan hat nicht funktioniert. Es war eine dumme Idee.«

»War es nicht«, sagte Titus, der neben ihr herlief. »Und du hast dein Bestes gegeben ...«

»Was ist mit mir?«, sagte Tam. »War ich gut, Titus?«

»Du warst großartig. Ihr wart beide total mutig.«

»Ich war großartig«, wiederholte Tam. Sie strahlte.

»Diesmal waren es einfach zu viele«, sagte Titus. »Aber das bedeutet doch nicht, dass es unmöglich ist.«

»Vielleicht«, sagte Holly und lief nun schneller. »Wenn wir es vielleicht anders probieren würden ...«

Auf dem Rückweg entwarfen sie einen neuen Plan. Die Stadt begann sich wieder mit Leben und Lärm zu füllen. Schon tauchten vertraute Straßen auf.

»Ich bin immer noch hungrig«, sagte Tam. Ihre Nase zuckte. »Wartet mal, ihr zwei! Da ist dieser Fischgeruch wieder.« Sie blieb an der Abzweigung einer Seitenstraße stehen, derselben Straße, wo Titus die Maus gefangen hatte. Selbst bei Tageslicht schien sie in einer dunklen Kurve zu verschwinden.

»Komm weiter, Tam.« Holly wandte sich nach ihr um.

»Aber da ist wieder dieser Geruch«, sagte Tam. »Und im Park gab es nichts zu essen und das Jagen hat nicht geklappt und ich habe immer noch Hunger.«

»Wir halten hier nicht an«, sagte Holly. »Wenn du gehst, dann geh allein.« Sie widmete sich wieder Titus und ihrem Gespräch. Die beiden liefen weiter und planten dabei ihren nächsten Jagdversuch. Tam blieb an der Abzweigung zurück.

»Macht doch, was ihr wollt!«, rief Tam. »Wir treffen uns in unseren Gassen.«

Kapitel 20

Tam kehrte an diesem Tag nicht zurück.

Zuerst tat Holly es mit einem Lachen ab – »Wahrscheinlich stopft sie sich immer noch den Bauch voll!« –, aber als Tam bei Einbruch der Nacht und auch am nächsten Morgen nicht wieder auftauchte, wirkte sie langsam besorgt.

»Es war dieselbe Straße, in der du die Maus gefangen hast, stimmt's?«, sagte Holly. »Ich hatte da gleich ein komisches Gefühl.«

Titus fiel die seltsame Empfindung wieder ein, die er in der Straße gehabt hatte. Vielleicht war dort doch noch irgendetwas anderes gewesen. »Ich auch.«

»Komm, wir gehen und suchen sie«, sagte Holly, als es zu regnen anfing.

Sie begannen ihre Suche genau an der Stelle, wo Tam sie verlassen hatte, folgten der Seitenstraße, in die Tam abgebogen war, hinein in die Schatten, doch sie führte lediglich in eine andere Gasse. Von Tam fehlte jede Spur. Nichts, nicht einmal, wenn Titus sein Bewusstsein einsetzte. Es war bloß eine ganz gewöhnliche Straße.

Sie dehnten ihr Suchgebiet aus, bezogen das Stadtzentrum mit ein, wo die Straßenkatzen lebten, die zu keiner Gang gehörten. Keine von ihnen hatte Tam gesehen.

Als Nächstes versuchten sie es in Gingers Territorium. Bei den Betonklötzen, wo Holly Titus gerettet hatte, kauerten ein paar Katzen aus Gingers Gang, die vor dem Regen Unterschlupf suchten.

»Ich suche Tam«, sagte Holly. »Hat jemand von euch sie gesehen?« Sie verneinten.

»Glaubst du ihnen?«, fragte Titus, während sie die Richtung zum Park einschlugen.

»Gingers Gang ist rau, aber ehrlich«, sagte Holly. »Wenn Tam ihnen begegnet wäre und es irgendwelchen Streit gegeben hätte, würden sie es sagen.«

Auch im Park war Tam nicht. Sie suchten, bis es dämmerte. Was sie fanden, waren ein paar Essensreste, aber keine Spur von Tam im nassen toten Laub.

Müde und durchnässt vom heftigen Regen, der den ganzen Tag über angehalten hatte, machten sie sich wieder auf den Weg zu Hollys Gassen.

In einem überdachten Durchgang mit Kopfsteinpflaster trafen sie einen großen gestreiften Kater, der dort herumschlich. Titus erkannte ihn sofort an den Narben im Gesicht. Er wirkte nicht gerade freundlich – bei seinem Anblick begann Titus' tropfnasses Fell zu kribbeln –, doch er lächelte Holly zu und entblößte dabei eine Reihe scharfer weißer Zähne.

»Razor«, sagte Holly.

»Holly«, antwortete der Gestreifte. »Schön dich zu sehen. Wo ist diese zottelige Katze, die du immer dabeihast?«

»Tam. Sie ist … Ich weiß nicht, wo sie steckt. Hast du sie gesehen?«

Razor schüttelte den Kopf. »Nein. Aber sie ist nicht in der Nähe des Territoriums von Sally Bones gewesen, da bin ich ganz sicher.«

»Woher weißt du das?«

»Das ist mein Job.« Er leckte sich stolz die Pfoten. »Wen hast du dann da mit?« Er ließ seinen Schwanz in Titus' Richtung schnellen, sah ihn aber nicht an, als wäre es reine Zeitverschwendung, sich mit ihm zu befassen.

»Ich bin Titus Tatz«, sagte Titus.

Der Schwanz des Katers zuckte verächtlich. »Ich habe nicht mit dir geredet«, sagte er. Titus verstummte.

»Keine Sorge«, sagte Holly schnell. »Er gehört zu uns. Nur ein Hauskater, der sich verirrt hat.«

Razor rümpfte die Nase. »Wieso verschwendest du deine Zeit mit einer Hauskatze? Schließ dich unserer Gang an. Du weißt doch, dass Sally Bones am Ende siegen wird. Diese Stadt gehört ihr.«

Holly lächelte, sagte jedoch nichts.

»Dann bist du auch vor den Verlusten sicher«, sagte Razor. »Sally kümmert sich um ihre Leute.«

»Danke, Razor, aber du weißt doch, dass ich nie in einer Gang sein wollte, und ich muss jetzt nach Tam suchen.« Sie wandte sich ab, aber Razor baute sich vor ihr auf und ließ seine Muskeln spielen.

»Komm schon, Holly«, sagte er. »Ich mochte dich schon immer.« Holly lächelte zwar noch, aber Titus sah, wie sie

149

versuchte sich davonzumachen. »In der Gang könntest du es echt zu etwas bringen«, sagte Razor und rückte ihr dichter zu Leibe. »Du könntest jemand Wichtiges sein. Dafür könnte ich sorgen …«

»Ich will nicht …«

»Komm schon«, beharrte Razor. »Ich bring dich zum Boss. Ich bin jetzt einer ihrer Anführer.« Titus sah, wie in Hollys senffarbenen Augen für einen kurzen Moment Angst aufflackerte.

»Sie hat dir doch gesagt, dass sie nicht will«, sagte er ohne nachzudenken.

Razor drehte sich zu ihm um. Die Narben in seinem Gesicht ringelten sich wie Schlangen.

»Ich hatte dich gewarnt«, knurrte er.

ZACK!

Eine steinharte Pfote traf Titus ins Gesicht. Titus taumelte, sank wie betäubt zu Boden und landete in einer Pfütze. Er wollte aufstehen, zurückschlagen, doch seine Beine fühlten sich an wie aufgeweichtes Papier und die Welt ringsum drehte sich im Kreis.

»Komm mir ja nicht noch mal in die Quere«, knurrte Razor. Seine Worte wirbelten hoch über Titus' Kopf wie Sterne. Ein einziger Schlag. Mehr hatte es nicht gebraucht. Und er hatte ihn nicht einmal kommen sehen.

Der muskulöse Kater wandte sich wieder an Holly. »Wenn du genug davon hast, deine Zeit mit lausigen kleinen Schwächlingen zu verschwenden, und wissen willst, wie es ist, eine richtige Katze zu sein – komm einfach zu mir.«

Er trottete davon, mit hoch erhobenem Schwanz.

»Titus?«, sagte Holly, als er fort war. »Bist du in Ordnung?«

Titus schüttelte den Kopf. Blut sickerte ihm aus dem Maul. Er wischte es mit der Außenseite seiner Pfote ab. Das Blut verklebte sein Fell.

»Es war sehr mutig, gegen ihn anzutreten«, sagte Holly, »aber auch dumm. Einen Kampf mit Razor kann man nicht gewinnen.«

»Eines Tages werde ich ihn besiegen«, sagte Titus.

»Du bist verrückt«, seufzte sie. »Du musst lernen, deinen Verstand zu benutzen. Es hat keinen Sinn, sich mit solchen Katzen auf einen Kampf einzulassen. Das Beste, was man tun kann, ist, ihnen aus dem Weg zu gehen.«

»Ich werde ihn besiegen«, schwor Titus. Wer auch immer diese Narben in Razors Gesicht hinterlassen hatte, er hatte es geschafft. Dann konnte er es auch.

»Heute wirst du niemanden mehr besiegen, Mr Tatz«, sagte Holly. »Komm. Lass uns weiter nach Tam suchen.«

Kapitel 21

Titus' Wunden heilten, während der Mond am Himmel runder und runder wurde. Er verschlief die meisten Tage in Hollys Gassen oder jagte und stöberte zusammen mit ihr nach Futter. Nachts suchten sie die Stadt nach Tam ab. Er machte sich Sorgen um sie, aber es gefiel ihm, verborgene und geheime Wege gezeigt zu bekommen, die niemand sonst kannte.

Zusammen liefen er und Holly über die Mauern der Stadt, über die Fenstersimse, durch dunkle Seitenstraßen. Immer wichen sie den Menschen aus, obwohl sie sie oft ganz in der Nähe hören konnten. Von den breiten Hauptstraßen hielten sie sich fern; und sie näherten sich nie den kreischenden, donnernden Metallmonstern, die dort auf und ab patrouillierten – sie erwähnten sie nicht einmal.

Überall, wo sie hinkamen, fragten sie nach Tam. Niemand hatte sie gesehen. Weder Titus noch Holly sprach das Wort offen aus, aber es sah immer mehr danach aus, dass Tam zu den Verlusten gehörte.

»Also denn«, sagte Holly. »Es gibt einen Teil der Stadt, den wir noch nicht durchsucht haben, und es wird Zeit, dass wir es tun.«

»Das Territorium von Sally Bones?«

»Es ist gefährlich ... Aber wir müssen es versuchen.«

Titus sagte nichts. Er glaubte nicht daran, dass sie Tam dort finden würden – als sie sie zum letzten Mal gesehen hatten, waren sie nicht mal annähernd in der Nähe dieses Gebiets gewesen –, und außerdem wollte er Razor nicht so bald noch mal begegnen. Aber die Geschichten über Sally Bones, die weiße Katze, die aus dem Nichts auftauchen konnte, hatten ihn neugierig gemacht.

Holly führte ihn durch die Straßen, hinaus aus ihrer vertrauten Gegend und in Stadtteile, wo Titus nie zuvor gewesen war, die er nur einmal vor langer Zeit vom Hügel aus ganz kurz gesehen hatte.

Je weiter sie kamen, desto größer wurden die Straßen. Und auch die Häuser. Eins war fast so hoch wie ein Berg und an den Rändern funkelten Lichter. Die Fassade war ganz und gar aus Glas: Fenster statt Wände. Und in jedem Fenster war etwas anderes zu sehen.

Titus spähte in eines dieser Fenster. Dort drinnen waren Tiere, ausgestellt auf Glasregalen. Kleine pelzige Mäuse, wuschelige Kaninchen, bunte Vögel. Sie hatten die Augen geöffnet, waren aber reglos und stumm. Als wären sie von einem Moment auf den anderen erstarrt, als stünde die Zeit still, als stünden sie ewig kurz davor, sich zu bewegen, und schafften es dennoch nie.

»Hör auf zu starren, Mr Tatz«, sagte Holly. »Hast du noch nie einen Spielzeugladen gesehen?«

»Was ist das?«

»Spielzeuge? Nichts. Kinder spielen damit.« Sie lief weiter

den Bürgersteig hinunter. »Komm schon, wir können in Sally Bones' Territorium nicht herumtrödeln.« Titus riss sich von der eingefrorenen Szene los und folgte Holly, aber ein seltsames Gefühl überkam ihn. Es war wie in der Gasse, ehe er die Maus gejagt hatte. Ein Gefühl der Kälte: als würde er von irgendetwas beobachtet, was weder richtig lebte noch richtig tot war.

Wieder schickte er sein Bewusstsein hinaus, und diesmal erspürte er die Quelle. Sie rührte von einem Stapel Kartons neben der Tür des Spielzeugladens her. Einer der Kartons war umgekippt und aufgegangen. Die Deckelklappe hing locker und schlaff in der Luft.

»Es geht mir ausgezeichnet, danke, bitte«, tönte ein blechernes Stimmchen aus dem Karton. Es raschelte und heraus trat eine Katze.

Titus' erster Gedanke war, dass sie aussah wie Tam, oder eher wie ein grausamer Scherz, den man sich mit ihr erlaubt hatte. Sie hatte ihr wuscheliges schokobraunes Fell und ihr nettes Aussehen, aber alles andere wirkte furchtbar verkehrt. Sie schien genauso wenig echt zu sein wie die Tiere in dem Fenster. Ihre Augen waren weit offen, aber glasig und

ausdruckslos. Sie lächelte, doch das Lächeln war seltsam leer. Und sie sprach, allerdings lauter Unsinn.

»Tam?«, sagte Titus. »Tam?«

»Glücklich, glücklich, glücklich«, sagte die Katze.

Titus standen die Haare zu Berge. »Es ist Tam!«, schrie er. »Schau, Holly, was ist mit ihr passiert?«

»Sei nicht albern«, sagte Holly. »Es ist ein Spielzeug.« Sie musterte die Katze genauer, die fröhlich mit dem Kopf auf und ab wackelte. »Sie ist gut gelungen, sehr realistisch. Betrachte sie mal näher – das Fell ist perfekt.«

»Aber es ist Tams Fell ...«

»Tams Fell war nie so sauber.« Holly schnupperte daran. »Riecht so vielleicht eine Katze? Und hör sie dir doch an. So redet keine Katze.«

»Ich werd für immer deine Freundin sein«, sagte das Spielzeug mit seiner seltsam hohlen Stimme.

»Oh, Holly, es ist schrecklich ... Ich bin mir sicher, dass es Tam ist!«

Holly fuhr herum und sah ihn an, ihre senffarbenen Augen glühten. »Es ist auf keinen Fall Tam!«, brüllte sie. »Krieg das endlich in deinen Schädel hinein! Tam ist fort, kapiert? Sie ist verschwunden.« Einen Moment lang herrschte Stille. Sogar die Spielzeugkatze schien sich in ihren Worten verheddert zu haben. »Also, nun ist es ausgesprochen. Sie ist verschwunden. Sie war eine gierige Idiotin und nun ist sie verschwunden, noch ein guter Freund, der mich verlassen hat. Sie kommt nicht mehr zurück. Nie mehr. Verstanden?«

Titus hatte sie noch nie so außer sich gesehen. Natürlich

wusste er, dass Holly ihre Freundin vermisste, aber sie war so stachelig und unnahbar, dass sie es vorher nicht gezeigt hatte. »Sollen wir weiter nach ihr suchen?«, sagte er leise.

»Ich bin deine süße Miezekatze«, plärrte das Spielzeug.

Holly schloss die Augen. »Nein, sie ist nicht hier. Sie ist nirgendwo. Sie ist verschwunden.« Sie schüttelte den Kopf. »Tut mir Leid, dass ich dich angebrüllt habe. Es ist bloß ... Das hier ist nicht Tam.«

Titus musterte die Spielzeugkatze wieder. Holly hatte Recht. Tam war verschwunden, aber das hier war sie nicht. Es sah aus wie sie, das war alles. Es war nicht richtig lebendig. Nicht mal richtig tot.

Eine Katze, die keine richtige Katze war. Und hinter ihr waren noch viel mehr dieser Sorte, die in dem kaputten Karton herumzappelten.

»Es geht mir ausgezeichnet, danke, bitte«, sagten sie.

Titus erschauerte. »Ich mag sie nicht«, sagte er. »Wieso sollte irgendwer so eine haben wollen, an Stelle einer echten, richtigen Katze?«

»Menschen mögen Spielzeugkatzen lieber als echte Katzen«, sagte Holly. »Keine Pflege. Sie machen, was man will. Sie sind immer nett und hübsch. Nicht so wie wir.« Sie grinste. »Jedenfalls nicht so wie du. Eine Spielzeugkatze stinkt nicht, da kann man machen, was man will.« Er musste lächeln. »Komm«, sagte sie. »Lass uns von hier weg, bevor wir Sally Bones über den Weg laufen. Gehen wir nach Hause.«

Titus' Gedanken überschlugen sich, während sie durch die Stadt zurückhasteten. Er mochte diese Spielzeugkatzen nicht, nicht im Geringsten. Doch dann fiel ihm die Spielzeugmaus im Haus der Komtess wieder ein: wie echt sie ausgesehen hatte und wie gern er mit ihr gespielt hätte.

Das Haus der Komtess. Es war so viel passiert, dass er nicht mehr daran gedacht hatte, doch nun kehrten die Erinnerungen wieder zu ihm zurück. Ein leerer Sessel. Ein alter Kamin. Eine Reihe Porzellanschälchen. Es fiel ihm schwer, die Bilder festzuhalten. Sie verwandelten sich immer wieder in andere. Je mehr er sie festzuhalten versuchte, desto schwieriger wurde es. Selbst der Garten in jener Nacht, die Lippen des Fremden, die Art, wie seine Katzen sich bewegt hatten ... alles verblasste.

In diesem Moment spürte er, dass er alles darum gegeben hätte, wieder bei seiner Familie zu sein. Aus weiter Ferne hörte er das gedämpfte Brüllen eines der Metallmonster. Eine große Welle von Traurigkeit stieg in ihm auf.

»Lass uns hier anhalten, Mr Tatz«, sagte Holly plötzlich und riss ihn aus seinen Gedanken. Sie deutete auf eine überdachte Gasse. »Wir sind immer noch in Sallys Gebiet, aber es ist gefährlicher, jetzt durch ihre Straßen zu laufen als den Tag hier zu verschlafen.« Sie lächelte ihn an. Er versuchte ihr Lächeln zu erwidern. Scheiterte. »Hey, was ist los?«, fragte sie.

»Ich möchte nach Hause.«

»Ich hab dir doch gesagt, es ist sicherer, hier zu bleiben.«

»Nicht unsere Gassen. Mein altes Zuhause, auf dem Hügel.«

»Denkst du immer noch daran?« Sie zuckte mit den Schultern. »Was hält dich auf?«

»Ich kann nicht. Ich sollte mit einem Hund zurückkommen, um meine Familie vor dem fremden Mann und seinen Katzen zu retten. Ich habe versucht einen aufzutreiben, Holly. Ich stand vor diesen Ungeheuern, aber ich konnte es einfach nicht. Ich konnte sie nicht einmal dazu bringen, mit mir zu reden.« Er schloss die Augen; die Scham in ihm brannte immer noch wie eine frisch gerissene Wunde. »Ich habe versagt.«

»Es ist nicht deine Schuld«, sagte sie sanft. »Hunde sind Furcht erregend. Und dumm. Ich habe noch von keiner Katze gehört, die mit ihnen reden konnte.«

Titus seufzte. Jalal hatte es gekonnt, das wusste er. Aber er war nicht Jalal. Er war nicht einmal eine echte mesopotamische Kurzhaar blau. »Ich weiß nur, dass ich alle enttäuscht habe. Ich kann nie und nimmer zurück. Ohne einen Hund habe ich kein Zuhause mehr.«

»Das stimmt doch nicht. Die ganze Welt ist jetzt dein Zuhause. Sogar das Territorium von Sally Bones.« Ihr senfgelbes Auge zwinkerte ihm zu. »Lass uns ein bisschen schlafen. Morgen sieht alles wieder anders aus. Man weiß doch nie, was einen hinter der nächsten Ecke erwartet.«

Sie ließen sich nieder, Seite an Seite, im Schatten der Gasse. Die unsichtbare Mauer zwischen ihnen war verschwunden, schon seit einer ganzen Weile.

Kapitel 22

Titus träumte.

Er träumte, dass er am Tigris entlanglief. Zickzackpalmen wiegten sich im zimtigen Wind. Am Himmel leuchteten die Sterne.

Jalal lief neben ihm, flimmernd und in Langsamzeit. Titus atmete ein ... zwei, drei, vier – und verlangsamte sich immer mehr, bis er spürte, wie die Energie in ihm zu pulsieren begann. Erst jetzt konnte er deutlich sehen, wie Jalal sich bewegte.

Es war anders als alles, was er sich bislang vorgestellt hatte. Alle Katzen sind graziös, Jalal aber war ein Fluss aus Energie, wie der Tigris, der dahinströmte und willkürlich seine Richtung ändern konnte.

»Dein Körper«, sagte Jalal, »ist nur ein Teil von dir. Du bist mehr als dein Körper. Du kannst ihn dazu bringen, alles zu tun, wenn du weißt, wie. Du kannst jeden Schlag abwehren, du kannst jeden Feind angreifen, du kannst jeden Kampf gewinnen. Ich werde dir zeigen, wie – denn das ist die fünfte Kunst, und wir nennen sie den Energiefluss.«

Seine silberblauen Umrisse begannen in Formen zu zerfließen, die so seltsam waren wie die der Sterne über ihnen.

Als Erstes formte er einen samtweichen Bogen. Titus machte es nach. Er dehnte seine Wirbelsäule, so weit es ging – und dann noch ein bisschen weiter.

Als Nächstes verdrehte sich Jalals Bogen in sich selbst, wurde zu einer fließenden Acht. Titus kopierte ihn. Es war eine gewaltige Dehnung. Er spürte einen Schmerz, einen rasenden, brennenden Schmerz, aber er spürte noch etwas anderes. Die Energie, die in seinem Bauch pulsierte, wandelte sich zu einer neuartigen Kraft.

Und nun wurde Jalals Acht zu einem Kreis, zu einem end-losen Energiekreislauf. Titus atmete tief ein und tat es sei-nem Urahn gleich. Sein ganzer Körper begann zu beben vor Anstrengung. Aber jene Kraft begann sich aufzubauen, wurde immer stärker, ein warmer Strom, frei und grenzen-los; ein Energiefluss wie bei Jalal.

Titus hatte das Gefühl zu glühen.

»Gut«, sagte Jalal. »Und nun die letzte Bewegung. Öffne den Kreis. Lass die Energie frei, nach außen. Nutze deinen Schwung, um sie zu lenken. So.«

Jalals Pfote tauchte aus dem Nichts auf, nur eine Schnurr-haarbreite an Titus' Nase vorbei. Er hatte sie überhaupt nicht kommen sehen. Seine Augen weiteten sich vor Erstaunen. Wenn er es schaffte, diese Kunst zu erlernen, würde er jeden besiegen.

»Schlag mich«, sagte der alte Kater.

Titus atmete, bewegte sich, öffnete den Kreis. Jalal sprang im hohen Bogen zur Seite – einen winzigen Moment zu spät. Titus streifte das Fell an seiner Schulter.

Ein überraschtes Lächeln erschien auf Jalals Gesicht.

»Gut«, sagte er. »Du bist weit gekommen, seit wir uns das erste Mal begegnet sind, Titus Tatz. Aber denk daran: Tue immer nur das Notwendige, nicht mehr. Ganz gleich, wie stark die Versuchung auch sein mag: Du darfst anderen nur Schaden zufügen, wenn dein Leben in Gefahr ist.« Seine Augen funkelten bernsteinfarben, wie die aufgehende Sonne. »Das ist alles. Nun wach auf!«

Kapitel 23

Titus erwachte aus seinem Traum und fand sich in der Gasse wieder.

Es war wieder Nacht; er und Holly hatten den Tag verschlafen. Eine Straßenlaterne hinter ihm fiel immer wieder aus und sprang dann summend wieder an. Der Vollmond, rund und weiß wie eine Untertasse voller Milch, leuchtete beruhigend von oben und wurde dann plötzlich von asphaltschwarzen Wolken zugedeckt.

Titus musste dringend. Holly schlief tief und fest und sie befanden sich immer noch im Territorium von Sally Bones. Aber alles gehörte schließlich zur Draußenwelt. Er konnte hinmachen, wo er wollte.

Titus trat aus der dunklen Ecke ins Freie und verrichtete sein Geschäft neben einem Müllhaufen. Welch eine Erleichterung!

Sein Bewusstsein begann zu prickeln, sein Nackenfell zu kribbeln. Titus spürte, dass er beobachtet wurde. Er drehte sich um, blickte zum Eingang der Gasse – und bereute es im selben Moment.

Dort saß eine hagere weiße Katze. Sie leckte sich ihre Krallen und beobachtete ihn dabei mit nur einem eisblauen Auge. Wo das andere hätte sitzen müssen, war eine leere

Augenhöhle. Ihr Fell war makellos sauber, doch ein Geruch von Finsternis, von klammer Feuchtigkeit und Dingen und Orten, die mit dem Tod zu tun hatten, umwehte sie.

An ihrer Seite patrouillierte ein Dutzend Straßenkatzen, mit schweren Nacken und gesträubtem Fell, schmutzig wie die Stadt selbst. Sie waren größer als die weiße Katze, dennoch wirkten sie neben ihr irgendwie wie sanfte kleine Kätzchen.

»Tat gut, was, Kleiner?«, fragte sie. Titus wusste nichts zu erwidern. Er starrte sie weiter an, unfähig etwas zu sagen. Sie bestand nur aus Muskeln und Knochen. Er konnte ihre Rippen sehen. Sie standen hervor, als versuchten sie vor ihr zu flüchten.

»Tja, das hier ist nicht dein Territorium«, sagte sie und ließ ihre knochenweißen Krallen spielen. »Und das, was du gerade getan hast, solltest du niemals im Territorium eines anderen tun. Schon gar nicht in meinem.«

Sie lächelte ein schiefes Lächeln, doch ihr eines Auge blieb kalt und hart. Titus zweifelte keine Sekunde, wen er vor sich hatte. Kein Wunder, dass die arme Tam von Sally Bones so entsetzt gewesen war.

»Rede gefälligst, wenn der Boss mit dir spricht«, knurrte ein gestreifter Kater, dessen Gesicht mit vernarbten Kratzern übersät war. Titus erkannte ihn sofort: Razor.

Holly tauchte an seiner Seite auf. »Er hat es nicht mit Absicht getan«, sagte sie. »Er ist neu hier.« Ihre Beine zitterten, aber ihre Stimme war fest.

»Neu?«, sagte die hagere weiße Katze. Ihr Schwanz zuckte wütend. Sie nickte zu dem Gestreiften hinüber. »Warum bin ich darüber nicht informiert worden, Razor?«

Der Kater begann zu schlottern. »Ich dachte, es wäre nicht wichtig, Boss. Er ist doch bloß eine Hauskatze ...«

Die Luft schien für einen Moment zu flimmern – dann heulte Razor auf und hielt sich das Gesicht. Auf der einen Seite klaffte eine neue Wunde. Die Klauen der weißen Katze waren mit Blut besudelt.

»Denken ist nicht dein Job, Razor«, fauchte sie. »Dein Job ist, mich über alles zu informieren. Und wenn dich das überfordert, werde ich jemanden finden, der geeigneter ist. Kapiert?«

Razor nickte, die Pfote immer noch an sein Gesicht gepresst. In diesem Moment der Stille hörte Titus, wie ihm sein Herz bis zum Hals schlug.

»Und jetzt hol mir ein paar Informationen aus dieser neuen Katze«, zischte Sally Bones. »Ich habe das Gefühl, dass er irgendwas mit den Verlusten zu tun hat. Luger und Wes: Ihr zwei behaltet seine kleine Freundin im Auge!«

Razor und die anderen beiden kamen auf Holly und Titus zu. Hollys Ohren begannen nervös zu zucken.

»Wieso konntest du denn nicht warten, bis wir nach Hause kommen?«, flüsterte sie. »Jetzt haben wir den Schlamassel.«

»Vielleicht schaffen wir es über diese Mauern da«, sagte Titus, der sich nach einem Fluchtweg umsah.

»Sie würden uns bloß wieder einfangen. Wenigstens hat sie Razor vorgeschickt und kommt nicht selbst.« Holly erschauerte. »Sag ihnen bloß nichts von meinen Gassen!«

Razor kam auf sie zumarschiert, die Augen zu Schlitzen zusammengekniffen, mit blitzenden Krallen. Die Wunde in seinem Gesicht klaffte rot auf.

»Wie heißt du, Unruhestifter?«, knurrte er.

»Titus Tatz.«

»Wo kommst du her?«

»Aus Mesopotamien.«

Razors vernarbtes Gesicht verzog sich zu einer wütenden

Grimasse. »Sehr witzig. Woher kommst du wirklich? Wo schläfst du?«

Titus warf einen Seitenblick auf Holly. Was sollte er tun? Alles, was er sagte, konnte dazu führen, dass er ihr Geheimnis preisgab. Er konnte es nur hüten, indem er schwieg.

»Wirst du bald ein bisschen gesprächiger?«, sagte Razor. Sein Maul zog sich nach hinten und entblößte seine Zähne. »Oder soll ich nachhelfen?«

In der Gasse war es totenstill, nur das Summen der Straßenlaterne war zu hören. Titus schwieg weiter. Alle starrten ihn an: Razor, Sally Bones, ihre Gang; alle Blicke waren auf ihn gerichtet. Titus hatte das Gefühl, in der Falle zu sitzen, ganz allein. Der Druck in seinem Kopf wurde immer heftiger. Aber er starrte Razor unverwandt an und sagte nichts. Er war wild entschlossen, nicht wegzusehen.

»Nun?«, beharrte Razor. Die Augen des Katers brannten sich in ihn hinein, aber Titus ließ nicht ab. Sieh nicht weg. Gib nicht nach. Mach weiter. Mach weiter. *Mach weiter.*

Irgendwo in der Ferne brüllte ein Ungeheuer.

Razor blinzelte und blickte zur Seite. Titus atmete auf. Im selben Moment schlitzte etwas über seine Wange.

Razors Krallen. Titus taumelte erschrocken zurück. Sein ganzer Kopf brannte.

»Ich werde dir eine Lektion erteilen, die du nie vergisst«, knurrte Razor. Er trat auf ihn zu. Titus schlug nach ihm. Der Straßenkater wich mit Leichtigkeit aus und durchbohrte ihm im Gegenzug das Maul. Aus Titus' Gesicht schoss ein dicker roter Blutstrahl.

Ein zweiter Schlag ins Gesicht. Titus' Beine fühlten sich weich an. Aus dem Augenwinkel sah er, wie Holly ihm zu Hilfe kommen wollte – aber Luger und Wes waren schneller und schnitten ihr den Weg ab. Er war mit Razor allein.

»Viel hältst du nicht aus, was?«, fauchte Razor. »Ich kann dich jederzeit fertig machen. Bis jetzt war ich noch vorsichtig. Und jetzt rede!« Er boxte ihm in die Rippen. Titus taumelte in den Müllhaufen. Um ihn herum patschte und quatschte es. Er war immer noch auf den Beinen, aber einen weiteren Schlag würde er nicht verkraften.

Energiefluss, die fünfte Kunst: *Du kannst jeden Schlag abwehren, du kannst jeden Feind angreifen.* Es war die einzige Chance, die er hatte.

Titus atmete ein, während Razor auf ihn zukam, um ihm den Todesstoß zu versetzen.

Ein ... zwei, drei, vier. In seinem Bauch begann die Energie zu pulsieren. Aus ... zwei, drei, vier. Die Zeit verlangsamte sich.

Ein ... zwei, drei, vier. Razor griff in Zeitlupe an. Aus ... zwei, drei, vier. Titus formte einen Energiefluss.

Ein ... zwei, drei, vier. Razor verfehlte ihn. Aus ... zwei, drei, vier. Wie gut, dachte Titus Tatz.

Er sah die anderen, wie sie ihn anstarrten. Holly stand das Maul offen vor Verblüffung.

Razor bleckte die Zähne, kam zurück, bewegte sich wie durch zähen Schlamm. Titus öffnete den Kreis, ließ die Energie frei – und traf Razor mit voller Wucht, genau zwischen die Augen.

Kapitel 24

Razors Kopf schleuderte zurück. Titus hatte genau gezielt!

Doch der große Kater war zäh. Der Schlag reichte nur, um ihn zu betäuben. Er wich weit genug zurück, dass Titus ihn nicht mehr erreichen konnte, und schüttelte den Kopf, als könnte er nicht glauben, dass er wirklich getroffen worden war.

»Es reicht!«, schrie Sally Bones. Titus blickte zum Eingang der Gasse hinüber. Doch dort war sie nicht.

»Wo hast du das gelernt?«, herrschte ihre Stimme ihn von hinten an. Titus fuhr herum. Er nahm ein schwaches weißes Flimmern wahr, dann war sie wieder verschwunden.

»Wer hat dir das beigebracht?«, fauchte sie irgendwo in seinem Kopf. Und ehe er wusste, wie ihm geschah, hatte sie ihn zu Boden gedrückt, er sah weiße Knochen über sich und ein einzelnes blaues Auge brannte sich in ihn hinein. Sein Atem geriet aus dem Takt … und alles wurde wieder schnell. Er war nicht mehr in der Langsamzeit.

»Antworte mir!«, sagte sie. »Wer hat es dir beigebracht?«

Er konnte sich nicht rühren, konnte sich nicht verstecken. »Jalal!«, schrie er hilflos.

Sally Bones' eines Auge glänzte wie der Mond. »Jalal«,

wiederholte sie. »Jalal die Tatze? Er ist seit hundert Jahren tot! Was kannst du denn von Jalal wissen? Was weißt du?«

»Langsamzeit«, keuchte Titus. »Energiefluss …«

»DU?« Sally Bones blinzelte. Etwas, das möglicherweise Angst war, huschte über ihr Gesicht. »Du bist das?«

Ehe Titus etwas erwidern konnte, tönte ein langes, tiefes Knurren zu ihnen herüber. Alle fuhren herum.

Am Eingang der Gasse stand eine neue Art von Ungeheuer, das ihnen den Weg versperrte. Es war schwarz und struppig und fast so groß wie ein Mensch. Und es hatte ein Maul voller gelber spitzer Zähne, von denen Geifer herabtropfte. Das Ungeheuer bellte laut und trat einen Schritt vor, auf sie zu.

In der Gang von Sally Bones brach Panik aus. Razor, Luger und Wes nahmen allesamt Reißaus. Sie hechteten die Feuerleitern hinauf und über die Mauer, nichts wie weg von dem Ungeheuer, weg aus der Gasse.

»Kommt zurück!«, schrie Sally Bones. »Feiglinge! Wir können ihn besiegen, wenn wir gemeinsam kämpfen!«

Aber sie hörten nicht zu. Sallys Gang huschte davon und brachte sich so rasch wie möglich in Sicherheit. Die hagere weiße Katze schüttelte voller Verachtung den Kopf. Widerwillig erhob sie sich und gab Titus frei.

»Wir erledigen das ein andermal, Titus Tatz«, sagte sie. Ein kurzes weißes Flimmern – dann war sie verschwunden.

Von einer Sekunde auf die andere waren Titus und Holly mit dem Ungeheuer allein. Es wirkte irritiert und bellte die Mauern an, versuchte aber nicht, den Katzen nach dort oben zu folgen.

»Also stimmen die Geschichten über Sally Bones«, keuchte Holly. Sie schüttelte den Kopf. »Ich weiß nicht, was da vorhin passiert ist, aber ich kann dir versichern, dass du sie ganz schön beunruhigt hast.«

Titus' Gedanken überschlugen sich. Sally Bones wusste von Jalal. Sie wusste von den Lehren, viel mehr als er selbst wusste. Sie fürchtete sich nicht einmal vor diesem Ungeheuer.

»Danke, dass du über die Gassen nichts gesagt hast«, sagte Holly. »Komm, lass uns schnell weg hier, sonst schnappt er sich uns noch.«

Das Ungeheuer kam auf sie zugetappt. Seine großen

stumpfen Krallen klickerten über den Bürgersteig, während es sich näherte. Es wirkte unglaublich stark. Allein sein Schwanz sah aus, als könnte er sie bewusstlos schlagen.

Titus konzentrierte sich. Was hätte Jalal getan? Zweite Kunst: Bewusstsein. Er blickte dem Ungeheuer in die Augen. Sie waren trüb-schwarz. Schmerz lag in diesen Augen – und es roch nach Angst, fast schon Entsetzen.

Wieder bellte es, ohrenbetäubend. Titus verzog keine Miene, er blickte dem Ungeheuer einfach unverwandt in die Augen. Hätte er zuvor nicht bereits vor einem donnernden Hund gestanden, wäre er geflüchtet. Aber im Vergleich zu jenen Metallmonstern war dieses ängstliche bellende Tier geradezu freundlich.

»Was tust du denn?«, zischte Holly. »Weg hier!«

Titus hob den Kopf. Er würde es bestimmt schaffen, über eine Mauer zu entkommen oder auf ein Fenstersims zu springen, wie die Katzen aus der Gang von Sally Bones. Aber er spielte lieber und vertraute auf seine Instinkte. Diesmal würde er nicht davonlaufen, würde nicht in Panik geraten. Er würde nicht von der Stelle weichen und es durchstehen.

»Hab keine Angst«, sagte er zu dem Ungeheuer, so ruhig, wie er nur konnte. Es öffnete sein Maul. Es war groß genug, um ihn in einem Stück zu verschlingen. »Hab keine Angst«, flüsterte Titus.

Und dann sprang es auf ihn zu ...

Langsamzeit!
… und Holly ergriff die Flucht …

Energiefluss!
… aber Titus wich nicht von der Stelle …

Schattengehen?
Auch nicht.

Das Ungeheuer stieß mit ihm zusammen. Die Welt stand plötzlich Kopf – und wieder wurde alles schwarz.

Kapitel 25

»Es gibt Augenblicke, in denen es von Nutzen sein kann, zu verschwinden«, sagte Jalal.

Titus war wieder in Mesopotamien, wo die Luft nach Zimt roch und nach reifen Datteln schmeckte. Er lächelte. Es war schön, wieder hier zu sein. Ganz gleich, was in der realen Welt geschah: In seinen Träumen gab es immer ein Mesopotamien.

Jalal stand neben ihm im Schatten einer Mauer. Und dann war er fort.

»Jalal?«, sagte Titus. Sein Urahn war verschwunden. Selbst seine Witterung.

»Jalal die Tatze, der bin ich«, ertönte die Stimme des alten Katers. Doch alles, was Titus sehen konnte, war ein Schatten am Fuße der Mauer.

Titus schüttelte den Kopf. »Das ist doch nicht möglich.«

Jalal wurde wieder sichtbar, direkt neben Titus. »Nichts ist unmöglich.«

»Vielleicht ist es für dich möglich, aber ich bin nicht du, Jalal, ich kann solche Dinge nicht. Ich kann nicht unsichtbar werden oder mit Hunden sprechen …«

»Halte etwas für unmöglich«, sagte sein Urahn ruhig, »und du wirst mit Sicherheit scheitern. Wenn du aber an dich glaubst, erreichst du alles.«

Titus dachte an die Taubenjagd mit Holly. Sie hielt es für unmöglich, er aber war überzeugt davon, dass sie es schaffen konnten, wenn sie nur die richtige Methode fanden. Vielleicht war das dasselbe – und hier war Jalal und bot sich an, ihm zu zeigen, wie es ging. Lohnte es sich nicht, es wieder und wieder zu versuchen?

Er nickte. »Bring es mir bei, Jalal.«

»Schattengehen heißt die sechste Kunst«, erklärte der alte Kater. »Beim Schattengehen musst du lernen, dich selbst loszulassen. So wie wenn du deine Beute verfolgst und eins mit ihr wirst – nur dass du hier zu nichts wirst, zu überhaupt nichts. Du musst mit den Schatten verschmelzen. Du wirst eins mit der Luft, wirst ein Teil des Bodens. Du lässt los. Versuche es.«

Titus schlich zur Mauer hinüber, fest entschlossen zu verschwinden. Ich bin ein Schatten, sagte er sich. Niemand kann mich sehen. Ich bin unsichtbar.

»Du denkst zu angestrengt«, sagte Jalal. »Schattengehen funktioniert nicht durch Gedanken. Schatten können schließlich auch nicht denken. Denke an gar nichts. Leere deinen Geist von Gedanken.«

Titus versuchte an nichts zu denken – und ertappte sich dabei, wie er dachte, an nichts denken zu wollen. Er versuchte seinen Geist zu leeren, doch sein Geist war voller Bilder, die Leere darstellten.

»Nun bemühst du dich zu sehr«, sagte Jalal. »Vielleicht ist es noch zu früh. Du musst dich selbst kennen, dir deiner sicher sein, ehe du dich loslassen kannst. Weißt du, wer du bist?«

Titus sah ihn irritiert an. »Wie meinst du das?«

»Denk darüber nach, Titus Tatz.« Jalal verschmolz mit dem Schatten. »Denk genau nach. Denn dein Leben hängt davon ab.«

Kapitel 26

Titus erwachte. Er lag auf dem Boden in der Gasse. Seine Schulter tat entsetzlich weh. Holly war verschwunden.

Über ihm ragte das struppige, bellende Ungeheuer auf; sein stinkender Atem wehte Titus ins Gesicht. Die lange rote Zunge hing ihm aus dem Maul, hungrig glänzend vor Geifer. Es sah aus, als wollte es ihn im nächsten Moment auffressen. Titus bereute, auf seine Instinkte vertraut zu haben. Dieses Wesen war schlimmer als ein Hund. Es war das entsetzlichste Ungeheuer der Welt.

Er musste etwas tun! Schattengehen, die sechste Kunst: *Denke an gar nichts. Leere deinen Geist von Gedanken.*

Titus konzentrierte sich. Nichts. Nichts. Nichts.

Aber so einfach war es nicht. Sein Geist war erfüllt vom Schmerz in seiner Schulter. Es ging nicht. Das Schattengehen gelang ihm nicht.

Verzweifelt blickte er zu den schmalen Backsteinmauern der Gasse hinauf. Ihm war, als würden sie immer näher auf ihn zukommen. Wenn er doch nur auf das Sims gelangen könnte. Er versuchte aufzustehen, aber es tat zu weh.

Jetzt gab es kein Entrinnen mehr. Es war vorbei. Das geifernde Maul des Ungeheuers öffnete sich weit …

»Cludge«, sagte es mit abgrundtiefer Stimme. Titus starrte es hilflos an. Die trüben Augen des Ungeheuers zwinkerten. Dann leckte es sich das Maul, nur ein einziges Mal. »Cludge«, wiederholte es.

Titus kratzte sich an den Ohren, unschlüssig, was er da gehört hatte. »Ist das dein Name?«, fragte er. »Cludge?«

Es hechelte. Die Winkel seines Mauls verzogen sich zu einem schüchternen Lächeln. »Cludge«, bestätigte es.

Titus lächelte zurück. Vielleicht hatte Cludge ja doch nicht vor, ihn aufzufressen. »Titus«, sagte er. »Ich bin Titus.«

»Ti Tus? Ti... Titus. Titus!«

»Genau, Cludge. Ich bin Titus.«

»TITUS! TITUS! TITUS!«, bellte Cludge.

»Du sagst es.«

»TITUS!«

Titus verlagerte sein Gewicht behutsam auf die Vorderpfoten. Seine Schulter schmerzte immer noch, wenn auch nicht mehr ganz so schlimm wie vorher, und er ließ sich wieder zu Boden plumpsen.

Cludge beugte sich zu ihm hinunter, um die verletzte Schulter zu lecken. Seine großen schwarzen Augen waren düster vor Sorge.

»'Tschuldige, Titus«, seufzte er. »Wollte nicht. Wehtun.«

»Schon okay. Ich hätte wegrennen sollen, wie die anderen Katzen.«

»Cludge hatte Angst. Titus keine Angst?«

»Nein.« Er lächelte. So langsam begann er dieses riesige Ungetüm zu mögen. Cludge sah wild aus, aber er schien ein sanftes Gemüt zu haben.

»Cludge allein«, schniefte er. »Alle rennen weg vor Cludge. Keine Freunde.«

Titus blickte ihm wieder in die Augen. Er konnte es in ihnen lesen; alles war dort zu sehen: sein Kummer, seine Angst, seine Einsamkeit.

»Schon gut, Cludge«, sagte er leise. »Du bist nicht allein. Wir werden Freunde sein, du und ich.«

»Freunde?«, keuchte Cludge. »Titus, Cludge, Freunde?«

Titus grinste. »Freunde«, sagte er und versuchte wieder aufzustehen. Dieses Mal hielt seine Schulter das Gewicht aus.

»Freunde!«, bellte Cludge. Er wedelte mit seinem Schwanz. »Titus, Cludge, Freunde! FREUNDE! FREUN-DE!«

»Titus Tatz«, sagte eine raue Stimme. »Das ist eine Premiere. Ich habe in dieser Stadt ja schon eine Menge Dinge gesehen. Ich habe sogar gesehen, wie du Razor geschlagen hast – aber das hier ist wirklich etwas anderes.« Holly sprang von der Mauer herunter. »Du hast es geschafft. Du hast mit einem Hund geredet.« Sie schüttelte den Kopf. »Das ist unglaublich. Unfassbar. Es ist …«

»Mit einem Hund?«, sagte Titus. Cludge bellte.

»Ja, mit einem Hund«, sagte Holly, die darauf achtete, dass sie Cludge nicht zu nahe kam. »Was hast *du* denn gedacht, was es ist?«

»Aber er ist doch gar nicht so wie diese anderen Hunde.«

»Was für andere Hunde?«

»Na, du weißt schon. Die aus Metall.«

Holly sah ihn verdutzt an. »So einen Hund habe ich noch nie gesehen.«

In der Ferne kreischte und donnerte ein Metallmonster.

»Na, diese!«, sagte Titus. »Die Hunde, die dieses Geräusch da machen.«

Holly schüttelte den Kopf. »Das ist doch kein Hund. Das ist ein Auto.«

»Ein was?«

»Auto!«, bellte Cludge. »Autos sind lustig. Cludge jagt Autos.«

»Dann waren das gar keine Hunde?«, fragte Titus.

»Moment mal, kapier ich das richtig?«, sagte Holly. »Du hast die ganze Zeit gedacht, du würdest mit Hunden reden, und in Wirklichkeit hast du mit *Autos* geredet?«

Titus verzog irritiert das Gesicht. Er war verwirrt. Die Metallmonster waren doch Hunde – das wusste er mit Sicherheit! Aber hatte irgendwer sie jemals als Hunde bezeichnet? Nein. Wenn er es recht bedachte, hatte er nie wirklich gewusst, was Hunde eigentlich waren. Er war nur davon ausgegangen, Hunde vor sich zu haben, weil sie auf die Beschreibung in den Geschichten des Alten Tatz gepasst hatten. Sie versetzten ihn in Angst und Schrecken. Sie hatten stinkenden Atem und machten ohrenbetäubenden Lärm. Und sie schienen stark genug zu sein, um einen Menschen zu töten.

Aber das, musste er zugeben, traf auch auf Cludge zu.

Bewusstsein, die zweite Kunst: *Bevor du irgendetwas tust, ist es wichtig alles über eine Sache zu wissen. Setze nichts voraus; finde heraus, womit du es zu tun hast.*

Genau das war es, was er versäumt hatte. Bei seinem Versuch, mit einem Auto zu reden, hatte er sich fast umgebracht. Ein Anfängerfehler. Nicht die Art von Fehlern, die eine Katze begehen würde, die die Lehren kannte. Inzwischen würde ihm dieser Fehler nicht mehr unterlaufen. Und Sally Bones mit Sicherheit auch nicht.

Holly kicherte.

»Was ist denn so lustig?«, fragte Titus.

Sie riss sich zusammen, gerade so. »Du«, sagte sie. »Autos sind nicht mal Lebewesen, du Dummkopf. Mit einem Auto kann man nicht reden!«

»Du hast es auch nicht für möglich gehalten, dass ich mich mit Cludge unterhalte«, argumentierte Titus.

»Cludge unterhaltet sich nur mit Freunden«, sagte der große Hund.

»Siehst du?«, sagte Titus. »Vielleicht unterhalten sich Autos auch nur mit ihren Freunden.«

Holly konnte sich nicht länger beherrschen. Ihre Schnurrhaare begannen zu zucken, ihr Körper begann zu beben und dann brach sie völlig zusammen. Gelächter prustete aus ihr heraus und flatterte durch die Gasse wie ein Schwarm Vögel. Es war überall. Und es war ansteckend. Cludge wälzte sich am Boden, hilflos jaulend und japsend, und schließlich merkte Titus, dass er ebenfalls lachte. Er konnte einfach nicht an-

186

ders. Er musste mitlachen. Es war ein gutes Gefühl, leicht und befreiend. Plötzlich wurde ihm alles klar; er hatte sich geirrt. Natürlich waren Autos keine Hunde. Cludge war ein Hund!

Cludge war ein Hund?

Titus hielt inne. Cludge war ein Hund! Mit einem Hund konnte er seine Familie ja doch noch vor dem Fremden und dessen Katzen retten – falls es nicht bereits zu spät war. »Cludge, ich brauche deine Hilfe. Ich brauche dich, um einem Menschen Angst zu machen. Kannst du das für mich tun?«

Cludge hörte auf zu jaulen und wurde sehr ernst. Er richtete sich zu seiner vollen Größe auf und entblößte seine gelben Zähne. Hollys Lachen erstarb bei seinem Anblick. »Cludge angstet jeden«, brummte der riesige Hund mit seiner tiefen Stimme. »Außer Titus.«

»Dann lass uns gehen. Wir dürfen keine Zeit verlieren.« Titus drehte sich nach Holly um. »Kommst du mit?«

»Wohin?«

»Hinauf zum Hügel. Wir alle drei. Wir gehen und retten meine Familie.«

»Das ist doch verrückt«, sagte Holly. »Allerdings legt sich niemand mit Sally Bones an und kommt dann ungeschoren davon – in dieser Stadt hier sind wir nicht mehr sicher.« Sie erhob sich. »Also gut, Mr Tatz, zeig uns den Weg. Wo du hingehst, geh ich auch hin.«

Etwas in Titus begann in diesem Moment zu schweben.

»Danke, meine Freunde«, sagte er.

Kapitel 27

Die drei Freunde liefen, so schnell sie konnten, Richtung Hügel. Unterwegs erklärte Titus, was es mit dem Fremden und seinen schwarzen Katzen auf sich hatte. Er hoffte, dass er nicht zu spät kam. Wie hatte seine Familie wohl reagiert, als die Katzen des Fremden plötzlich vor ihnen standen, nun, da der Alte Tatz nicht mehr da war und Titus' Vater die Verantwortung trug? Es konnte alles Mögliche passiert sein. Nach der langen Zeit, in der er fort gewesen war, würde im Haus sicher einiges verändert sein.

Die Dinge, die er im Kopf hatte – der rote Samtsessel, die Futterschälchen aus Porzellan –, existierten vielleicht gar nicht mehr.

Nur eines wusste er mit Sicherheit: Um hineinzukommen, mussten sie über die Mauer klettern, und Titus erinnerte sich daran, dass es die schwierigste Kletterpartie seines Lebens gewesen war.

Donner grollte über der Stadt, als sie den Fuß des Hügels erreichten. Ein violetter Himmel kündigte drohend den nächsten Sturm an.

»Dort oben ist es«, sagte Titus und ging voran, während über ihren Köpfen Blitze zuckten.

Sie erklommen den Hügel, so rasch es ging. Es begann zu regnen, wie brennende Peitschenhiebe, die seine Nase, seine Augen, seine Ohren trafen. Er schnappte nach Luft; Wasser füllte sein Maul, lief ihm die Kehle hinab. Er würgte, lief trotzdem weiter den Berg hinauf, einen Schritt, zwei Schritte, hundert, tausend, wie viele es auch immer sein mochten.

Der Mond starrte auf sie herunter, ein mürrischer, einäugiger Wächter am Himmel. *Gebt auf*, schien er zu sagen. *Gebt auf und macht, dass ihr wegkommt.*

Tropfnass, mit letzter Kraft, nach Atem ringend erreichten sie den Gipfel des Hügels im selben Moment, als grellweißes Licht den Himmel zerriss.

Was Titus sah, ließ sein Fell kribbeln. Vor ihnen stand eine kleine Steinmauer, nur halb so hoch wie jede andere Mauer in der Stadt. Sie wirkte alt und bröckelig, als hätte sich schon seit vielen Jahren niemand mehr um sie gekümmert. Ein weiterer Donnerschlag erschütterte die Erde. Titus fuhr zusammen. Konnte dies wirklich jene Mauer sein, die die Welt umgab, in der er aufgewachsen war? Die Mauer, die ihm einmal so hoch und unüberwindlich vorgekommen war? War dies der Ort, den er verlassen hatte? Oder hatte sich in seiner Abwesenheit alles verändert?

Es gab eine Tür in der Mauer. Er drückte dagegen. Sie bewegte sich nicht; sie war verschlossen. Er umrundete die Mauer, suchte nach irgendetwas Vertrautem. Ein Blitz erhellte die Spalten und Risse im Gestein, wo wildes Moos wucherte. Er konnte die knorrigen Äste einiger verwachsener, alter Bäume sehen, die über die Mauer ragten – und den einzelnen Baum, von dem er in jener Nacht, als er sein Zuhause verließ, heruntergestürzt war.

Titus berührte seine nasse Rinde und lächelte erleichtert. Jetzt erkannte er alles wieder. Natürlich war es derselbe Ort, nie würde sich hier etwas verändern. Er selbst war es, der sich verändert hatte.

»Hier ist es!«, rief er glücklich über das Donnergrollen hinweg. »Drinnen stehen Bäume, an denen wir herunterklettern können. Ich gehe als Erster und … Cludge, was ist denn?«

Cludge zitterte. Seine Augen hatten sich wieder eingetrübt vor lauter Angst. »K-kann nich klettern«, stammelte er. »Cludge kann nich klettern.«

Titus starrte den riesigen, mächtigen Hund ungläubig an. »Du kannst es nicht?«

»Natürlich kann er's nicht«, fuhr Holly ihn an. »Jeder weiß doch, dass Hunde nicht klettern können – wenn sie es könnten, hätten wir schließlich ein Riesenproblem. Gibt es noch einen anderen Weg hinein?«

»Hunde können nicht *klettern*?«

»Nein, können sie nicht«, sagte Holly. Sie blickte ihn fragend an. »Es gibt keinen anderen Weg hinein, hab ich Recht? Ich seh's dir an.«

Titus hatte das Gefühl zu fallen und zu fallen und niemals

irgendwo aufzuschlagen. Sie waren so kurz vor dem Ziel. Aber diese Mauer, diese alte Steinmauer, versperrte wieder einmal den Weg.

»Cludge tut Leid«, sagte eine leise, ängstliche Stimme neben ihm. »Will helfen Titus.«

Über ihnen leuchtete ein Blitz auf. Ein krachendes Donnern ertönte. Regen strömte Titus das Gesicht hinab wie Tränen, doch seltsamerweise ängstigte ihn der Sturm nicht mehr so wie früher. Stattdessen schien er ihn zu durchströmen, von den Schnurrhaaren bis zur Schwanzspitze, schien ihm seine wilde Kraft zu übertragen, so dass er und der Sturm eins wurden.

Nun gab es kein Zurück mehr. Ob mit oder ohne Hund, er würde nach seiner Familie sehen.

»Schon gut, Cludge«, sagte er. »Du wartest hier auf uns. Komm, Holly. Wir gehen hinein.«

Sie ließen Cludge unter dem Baum kauernd zurück. Die beiden Katzen jagten die Mauer hinauf. Sie zogen sich über den Rand und kletterten auf der anderen Seite durch ein Gewirr verschlungener Äste wieder nach unten.

Leise schlichen sie sich in den Garten, tappten über das nasse Gras und erreichten die Katzenluke.

»Das hier ist es«, flüsterte Titus, als sie hindurchschlüpften. »Das hier ist das Haus der Komtess.«

Kapitel 28

Sie betraten den Korridor. Er war leer. Hinter ihnen fiel die Katzenluke mit einem Klicken zu. Holly fuhr herum und stupste mit einer Pfote dagegen, doch sie blieb geschlossen.

»Lass mich mal«, sagte Titus. Er drückte, aber sie ließ sich nicht öffnen. Die Luke war von innen verriegelt.

»Das heißt, dass man dieses Haus betreten kann, aber nicht wieder herauskommt?«, fragte Holly.

»Der fremde Mann muss sie verändert haben«, sagte Titus. Die Anspannung in seinem Bauch wuchs. Dies hier war kein gutes Zeichen.

Er sah sich im Korridor um. Die Fenster mit den dicken grünlichen Fensterscheiben waren geschlossen, die Spitzenvorhänge zugezogen. Alles wirkte normal – außer dass ihm, wie bei der Gartenmauer, alles viel kleiner und älter vorkam, als er es in Erinnerung hatte. Die ausgeblichenen Teppiche, die muffigen Möbel; verglichen mit der Stadt ähnelte das Ganze mehr einer Schaufensterdekoration als einem wirklichen Haus. Die Stille machte alles noch unheimlicher: Von der Stadt drangen keinerlei Geräusche bis hierher.

Es war auch niemand da. Weder Titus' Familie noch der Fremde, auch seine schwarzen Katzen nicht. Dennoch roch es streng nach Katzen, als müssten viele in der Nähe sein.

Seine Schnurrhaare kribbelten. Hier stimmte etwas nicht. Wo waren sie alle?

Titus und Holly schüttelten sich das Regenwasser aus dem Fell und schlichen in die Empfangshalle. Oberhalb der Treppe war die geschlossene Tür zum Zimmer der Komtess zu sehen. Titus stellte die Ohren auf. Dort oben konnte er etwas hören – ein lang gezogenes Miauen, und weiter hinten im Korridor meinte er Katzen zu hören, die sich unterhielten.

»Ich schau mal oben nach«, flüsterte Holly. »Du siehst dich hier unten um. Falls ich sie finde, wie sieht deine Familie eigentlich aus?«

Titus zögerte. »Ein bisschen so wie ich«, sagte er schließlich. »Aber anders. Sei vorsichtig. Renn weg, wenn du einen Mann siehst oder zwei schwarze Katzen. Sie sind gefährlich.«

Holly lief die Treppe hinauf. Titus schlich sich behutsam den Korridor entlang. Er versuchte, seinen Geist zu leeren, um schattengehen zu können, so wie Jalal es gesagt hatte. Aber es hatte keinen Zweck. Seine Gedanken kehrten immer wieder zurück. Wo war seine Familie? Ging es ihnen gut? Würden sie sich freuen ihn zu sehen, oder hatten sie ihn längst vergessen?

Inzwischen hörte er ganz deutlich Stimmen aus dem Vorderzimmer. Die Tür stand halb offen. Er pirschte sich bis an den Türrahmen, von wo aus er nicht gesehen werden konnte, und lugte hinein.

Dort waren sie allesamt – seine Familie, die blauen meso-potamischen Kurzhaarkatzen, gesund und wohlauf!

Erleichterung durchfuhr ihn. Es war nicht zu spät. Er hatte sie nicht im Stich gelassen. Es gab keine Anzeichen dafür, dass ihnen Leid zugefügt worden war. Und von dem Fremden und seinen Katzen war nirgends etwas zu sehen.

Anscheinend tagte gerade der Familienrat. Doch diesmal war es Julius, der auf dem roten Samtsessel der Komtess saß. Die anderen drängten sich um ihn und zupften an ihren Halsbändern herum, während sie ihm zuhörten. Was ging dort vor?

»Es ist mir egal«, sagte Julius soeben.

»Aber Dinge dieser Art passieren nicht einfach so ohne Grund«, sagte Vater Tatz. »Sollten wir nicht versuchen herauszufinden, was es zu bedeuten hat?«

»Ich bin jetzt das Familienoberhaupt«, sagte Julius und ließ seine Muskeln spielen. »Hat jemand ein Problem damit?«

Ein leichtes Gemurmel ging durch den Raum, aber niemand erwiderte etwas. Titus traute seinen Augen kaum. Die Dinge hatten sich wirklich verändert, seit er fortgegangen war. Julius benahm sich wie der Boss einer Gang. Offenbar war er mit Vater Tatz genauso verfahren wie dieser zuvor mit dem Alten Tatz.

»Wenn alle einverstanden sind«, sagte Julius, »dann ist die Sitzung hiermit beendet.«

Titus holte tief Luft und betrat den Raum. Sie wandten sich um und starrten ihn an, als wäre er ein Fremder.

»Titus?«, sagte seine Mutter. »Bist du es wirklich, Liebling? Schaut doch nur, er ist zurück!« Sofort machten ihm alle Platz, war er umringt von silberblauem Fell und grünen Augen.

»Titus Tatz! Wir dachten, du wärst für immer verloren!«

»Er ist ganz schön gewachsen, was?«

»Willkommen zu Hause, Titus!«

Zu Hause. Endlich war er wieder zu Hause. Er blickte in die Runde seiner Familie. Alle schnurrten und strahlten ihn an: Mutter, Vater und Tante Juni. Julius und Jasmine. Jay, Jethro und Jerome. Alle schienen sich zu freuen ihn zu sehen. Es war schön, wieder da zu sein.

»Wo bist du gewesen, Sohn?«, fragte Vater Tatz.

»In der Draußenwelt.«

»Und der Alte Tatz?«

Titus schüttelte traurig den Kopf. »Tot.«

Julius drängte sich zwischen ihn und die Eltern. »Die Dinge haben sich geändert, seit du verschwunden bist«, sagte er. »Ich bin jetzt das Familienoberhaupt. Vater war es eine Zeit lang, aber nun bin ich es.«

Er wölbte seinen Brustkorb, um es noch deutlicher zu unterstreichen. Julius war größer, als Titus ihn in Erinnerung hatte, er war gewachsen. Sein Körper war breiter und kräftiger geworden. Das Halsband spannte bereits. Er schien extrem gut genährt.

Titus warf einen Blick zu seinem Vater hinüber. Neben Julius wirkte er müde und alt. Es war offensichtlich, wer von den beiden bei einem Kampf siegen würde. Vielleicht war es bereits dazu gekommen.

»Gratuliere«, sagte Titus zu seinem großen Bruder.

»Das ist nicht alles, was sich geändert hat ...«, begann sein Vater.

»Nein, es geht uns besser denn je«, unterbrach ihn Julius. Er drückte etwas zwischen seinen Pfoten zu Boden. Es war die Spielzeugmaus. »Der fremde Mann hat uns sehr gut behandelt.«

»Der?«, sagte Titus. »Seine Katzen haben den Alten Tatz umgebracht!«

Die anderen im Raum schnappten erschrocken nach Luft, aber Julius wirkte einfach nur verärgert. »Du lügst«, sagte er und harkte mit seinen Krallen über die Maus. Sie hatte ziemlich gelitten; ihr Fell war schon ganz dünn. »Der Mann liebt uns. Seine Katzen sind unsere Freunde. Warum sollten sie so etwas tun?«

»Sie wollten verhindern, dass wir in die Draußenwelt gelangen ...«

»Na bitte, da hast du deine Antwort«, sagte Julius. »Sie wollte uns einfach nur helfen. Hättest du nicht alles falsch gemacht ...«

Titus' Fell begann sich zu sträuben. Es war Julius, der im Unrecht war. Titus wusste es – aber Julius konnte seine Lügen immer so überzeugend verpacken, und Titus fiel nie schnell genug ein, was er erwidern sollte.

»Na, na, na«, sagte Mutter Tatz. »Julius hat Recht, Titus. Der Mann gibt uns immer noch jeden Tag wunderbares Futter. Und was seine Katzen angeht ...« Julius warf ihr einen warnenden Blick zu und sie hustete. »Na ja, genug davon«, sagte sie rasch. »Aber lass dich doch ansehen, Liebling. Was bist du groß geworden! Und diese Narben, die du im Gesicht hast. Du hast dich so sehr verändert, dass ich dich fast nicht erkannt hätte!«

»Was für Narben?«, fragte Titus – dann fielen ihm Ginger, Razor und Sally Bones wieder ein. Er lächelte. Die Draußenwelt hatte ihre Spuren an ihm hinterlassen. »Na ja, ich hatte ein paar Kämpfe.«

Eine Stimme, die nach Milch am Morgen klang, schnurrte ihm ins Ohr, Kusine Jasmine. »Also Titus, dann bist du ja gar kein Kätzchen mehr!« Seine Ohren schnellten in die Höhe. Er hatte Jasmine immer schon mehr gemocht als die anderen.

»Er wird immer unser Kätzchen sein«, sagte Mutter Tatz. Sie leckte ihm den Pelz, glättete sein Fell. Er wehrte sich nicht. Er ließ zu, dass ihre warme Zunge den Regen des Sturms und den Schmutz der Stadt fortwusch, ließ zu, dass sie ihn vom Geruch der Draußenwelt befreite.

»Ganz recht«, sagte Julius und warf Jasmine einen finsteren Blick zu. »Er ist immer noch ein Kätzchen.«

»Und wie war es in der Draußenwelt?«, fragte Jay.

»Was ist mit deinem Halsband passiert?«, fragte Jethro.

»Und wie bist du zu diesen Narben gekommen?«, fragte Jerome.

»Ich erzähle es euch«, sagte Titus, obwohl Julius nun auch zu ihnen mit finsterer Miene hinüberblickte. »Ich erzähle euch alles.«

Kapitel 29

Titus erzählte seiner Familie nichts von seinen Träumen – er konnte sich nicht vorstellen, dass sie diese Dinge verstehen würden –, aber er erzählte ihnen alles über die Stadt: von den Kämpfen, seinen Freunden, von den Verlusten. Es war seltsam, seine Geschichte endlich erzählen zu können; ein unwirkliches Gefühl. Es kam ihm eher vor wie ein Traum oder wie ein Märchen. Die mesopotamischen Kurzhaarkatzen, junge wie alte, starrten ihn an, lauschten schweigend, gefesselt von seinen Schilderungen des Lebens, das sich außerhalb des Hauses abspielte. Als er zu der Begegnung mit Cludge kam, schien sogar Julius hingerissen zu sein.

»Titus hat unserer Familie Ehre bereitet«, sagte sein Vater, als der Bericht zu Ende war. Titus gab sich die größte Mühe, seinen Stolz zu verbergen, aber leicht fiel es ihm nicht.

»Ich habe doch immer gesagt, dass was aus ihm werden würde, wenn wir ihn nur richtig erziehen«, strahlte seine Mutter. Jasmine schnurrte ihn an. Jay, Jethro und Jerome begegneten ihm mit neuem Respekt.

Nur Julius schnaubte verächtlich. »Das ist eine gute Geschichte«, sagte er, während er mit der Maus des Fremden herumspielte. »Aber es ist bloß eine Geschichte, nicht wahr? Ich kenne dich, Titus Tatz. Ich wette, du hattest solche

Angst, dass du nicht einmal die Hälfte all dieser Dinge getan hast.« Seine Pupillen verengten sich. Er blähte sein Fell auf, um noch größer zu erscheinen, als er ohnehin war.

Titus' Kehle war wie zugeschnürt. Ein Kampf war das Letzte, was er sich in diesem Moment des Triumphs wünschte. Er blickte zum Kamin, in dem kein Feuer brannte.

»Ja, manchmal hatte ich Angst«, gab er zu. »Aber alles, was ich erzählt habe, ist wahr.«

»Du mickriger Winzling«, höhnte Julius. »Was glaubst du denn, wer du bist, dass du hierher zurückkommst und dich dermaßen aufspielst? Glaubst du vielleicht, wir machen uns etwas aus deinen dummen Geschichten?«

»Julius!«, gurrte Jasmine mit ihrer milchigen Stimme. »Du bist wohl eifersüchtig.«

Julius beachtete sie nicht. »Er ist nicht mal eine echte mesopotamische Kurzhaar blau«, zischte er. »Er war es nie und wird es niemals sein.«

Er schnippte die Spielzeugmaus zur Seite und starrte Titus voller Verachtung aus seinen grünen Augen an.

»Das stimmt nicht, Julius«, sagte Vater Tatz. »Natürlich ist Titus eine blaue mesopotamische Kurzhaar. Nur eine blaue Kurzhaar kann solche Dinge tun.«

»Er ist keiner von uns«, knurrte Julius. »Er hat Augen, deren Farbe Gefahr signalisiert! Stimmt doch, Winzling, oder?«

In Titus' Herz begann etwas zu lodern. Sein Geist fing Feuer. All die Male, die Julius ihn verspottet hatte, hatten ihn verletzt und er hatte sich klein und schwach gefühlt.

»Nenn mich nicht so«, sagte er.

»Winzling«, fauchte Julius.

»Ich mag das nicht. Ich habe es nie gemocht.«

»Das ist es, was du bist. Komm doch her, ich werde dich zerquetschen!«

Etwas in Titus riss. »NA GUT!«, hörte er sich brüllen.

»Nicht, Titus«, rief Jasmine erschrocken. »Er wird dich umbringen ...«

Julius fauchte sie an. Sie zuckte zurück und schwieg, wie die anderen.

Titus' Gesicht glühte. Aber nun hatte er keine andere Wahl. Er musste die Sache durchstehen.

Er und Julius begannen einander zu umkreisen, pirschten um den leeren Sessel der Komtess. Die Familie bildete einen Kreis um sie. Alle guckten zu, schweigend, mit angehaltenem Atem.

Titus atmete ein ... zwei, drei, vier – und schlüpfte mühelos in die Langsamzeit. Julius funkelte ihn mit seinen grünen

Augen spöttisch an und entblößte seine Zähne. Titus funkelte zurück und entblößte seine. Julius wirkte verblüfft.

»Komm schon, Julius Tatz«, sagte Titus. »Zerquetsch mich doch.«

Julius stürzte sich auf ihn.

Für eine Katze seiner Größe war er flink, doch Titus war schneller, wendiger, ein Kreislauf aus purer Energie. Er trat beiseite. Julius biss mit voller Wucht ins Nichts. Seine Zähne schlugen krachend aufeinander. Dem Geräusch nach zu urteilen tat es weh.

»Nenn mich nie wieder Winzling«, sagte Titus.

Julius brüllte. Er schlug mit einer starken silberblauen Pfote nach ihm, aber Titus war wieder zu schnell. Julius verfehlte ihn und landete torkelnd im Sessel.

Jay, Jethro und Jerome kicherten. Amüsierten sie sich etwa über seinen Energiefluss? Titus drehte sich nach ihnen um und stellte fest, dass sie nicht ihn, sondern Julius auslachten.

Er lächelte, aber als er sich wieder zurückdrehte, ging Julius auf ihn los und schlug ihn mit voller Wucht ins Gesicht.

Titus taumelte zurück. Darauf war er nicht gefasst gewesen. Es tat weh.

»Winzling!«, donnerte Julius. »Jetzt hast du mich wirklich wütend gemacht!« Er ließ einen ganzen Hagel von Schlägen auf ihn einprasseln. Schwindelig im Kopf, duckte sich Titus gerade noch rechtzeitig. Er musste weiteratmen,

durfte den Energiefluss nicht unterbrechen, sonst würde Julius ihn erledigen.

Er wehrte die wütenden Angriffe ab, wurde zu einem Schimmern, das Julius nie richtig treffen konnte. Dessen Angriffe wurden immer wilder, wütender. Titus blieb ihm immer einen Schritt voraus, gerade weit genug entfernt, während sein großer Bruder ihm immer näher zu Leibe rückte – bis Julius ihm schließlich alles, was er hatte, in einem gewaltigen Schlag entgegenschleuderte. Diesmal konnte Titus nicht ausweichen. Er musste den Schlag einstecken, frontal.

Er atmete aus ... zwei, drei, vier. Versenkte sich tief in seinen Energiefluss. Die Kraft in ihm wurde immer stärker. Und als Julius kam, hielt der Kreis. Titus leitete den Schlag um, nutzte die Kraft seines Bruders, um sie gegen ihn zu wenden. Julius taumelte zu Boden.

Titus grinste. Es war ein gutes Gefühl. Besser als beim Kampf mit Razor. Es war das Beste, was er je empfunden hatte, ein heißes, berauschendes Glühen, das jede Faser seines Körpers durchströmte. Nie zuvor hatte er sich so lebendig gefühlt.

Julius hatte das Gleichgewicht verloren, war schwach und ungeschützt.

Mach ihn fertig, dachte Titus. Jetzt sofort. *Lass die Energie frei*. Dann wird er dich nie wieder angreifen.

Tu es!

Nein.

»Das reicht«, sagte Titus Tatz. »Das Notwendige, nicht mehr.«

206

Julius schüttelte den Kopf. »Ich fange gerade erst an«, keuchte er. »Winzling.« Julius katapultierte sich durch die Luft, unbeherrscht, mit gespreizten Krallen. Titus lehnte sich in Langsamzeit aus der Schusslinie.

KRACH! Julius landete kopfüber im Kamin. Sah Titus aus kleinen grünen Augen an, getrübt von schwarzer Asche. Versuchte aufzustehen. Schaffte es nicht.

Es war vorbei.

»Titus Tatz!«, schrie Jasmine.

»Titus Tatz!« Die Familie bejubelte seinen Sieg.

»Titus Tatz! Titus Tatz! Titus Tatz!«

Er schloss die Augen. Der Triumph schmeckte süß, wie Zimt. Er hatte es endlich getan. Er war eine echte mesopotamische Kurzhaar blau.

»Titus Tatz! Bist du das?«

Eine raue Stimme! Sein Herz machte einen Hüpfer.

»Holly?«

»Titus? Ich bin hier!«

Kapitel 30

Es war Holly! Ihr stacheliges schwarzweißes Fell war in der Türöffnung zu sehen. Titus lief ihr entgegen, strahlend vor Freude über seinen Sieg. Doch in ihren senffarbenen Augen war etwas – ein Ausdruck des Entsetzens –, das ihm das Lächeln vom Gesicht wischte, kaum dass er es bemerkte.

»Titus, es ist furchtbar«, sagte sie. »Wir müssen hier weg.« Sie blickte zu den dicken grünlichen Fensterscheiben hinauf, suchte nach einem Ausweg.

»Was ist furchtbar?«, fragte Titus verwirrt.

»Es geht um die Verluste … Sie sind alle hier.« Sie erschauerte. »Der Mann ist nicht da und diese schwarzen Katzen habe ich auch nicht gesehen. Aber oben ist ein Zimmer, in dem ein großer Käfig steht, mit Hunderten von Katzen drin, bloß viele von ihnen sind nicht …« Sie schloss die Augen, als könnte sie den Gedanken daran nicht länger ertragen.

»Sind nicht *was*?«, fragte er ängstlich.

»Sie sind nicht lebendig.« Sie wirkte vollkommen erschüttert, so hatte er sie noch nie gesehen.

»Entschuldige, dass ich euch unterbreche, Titus«, sagte Mutter Tatz, »aber wer ist das?« Die mesopotamischen Kurzhaarkatzen schauten alle zu ihnen herüber, sogar Julius, der am Kamin lag und seine Wunden leckte.

»Holly, das ist meine Familie«, sagte Titus. »Mutter, Vater und alle hier: Ich möchte euch Holly vorstellen.«

»Keine Angst«, sagte Holly zu den anderen. »Wir finden schon einen Weg hinaus.«

Vater Tatz blickte irritiert zu Titus. »Ich verstehe nicht«, sagte er. »Kennst du diese Katze?«

»Das ist Holly – meine Freundin aus der Draußenwelt, von der ich euch erzählt habe.«

Vater Tatz wirkte angewidert und wandte ihr den Rücken zu. Die anderen taten dasselbe.

»Hier ist aber nicht die Draußenwelt«, erwiderte Vater Tatz. »Sag dieser Katze bitte, sie möchte gehen.«

Es war wie ein Schlag ins Gesicht. Titus warf einen schnellen Seitenblick auf Holly. Sie wirkte genauso fassungslos, wie er sich fühlte.

»Wie konntest du nur auf eine solche Idee kommen?«, flüsterte Mutter Tatz. »Das musst du doch nun wirklich wissen, Liebling.«

»Habt ihr denn nicht gehört?«, protestierte Titus. »Sie wird uns helfen, hier herauszukommen.«

»Aber wir wollen doch gar nicht hinaus«, sagte seine Mutter. »Wo sollten wir denn hingehen? Wer würde uns dann füttern?«

»Moment mal«, sagte Holly. »Habt ihr nicht gesehen, was dort oben vorgeht? Wenn ihr gefüttert werdet, dann verheißt das bestimmt nichts Gutes.«

Vater Tatz ignorierte sie; er redete nur mit Titus. »Wir sind nicht oben gewesen, wegen der schwarzen Katzen.

Aber wir wissen, dass dort oben auch noch andere Katzen sind.«

»Das wisst ihr?«, sagte Titus.

»Der nette Mann bringt sie ins Haus«, sagte Vater Tatz. »Er füttert sie. Nicht so gut wie uns, nicht mit Kaviar, sondern mit billigem Trockenfutter. Es steht in Säcken in der Küche. Er hält sie am Leben, bis ... na ja, wir wissen nicht genau, was dann passiert ... Aber wir sind allesamt der Meinung, dass der nette Mann niemandem von uns jemals etwas antun würde.«

»Da liegt ihr falsch«, sagte Holly. »Wenn heute die anderen dran sind, dann seid ihr morgen an der Reihe.«

»Wir sind anders«, sagte Vater Tatz zu Titus. »Wir sind etwas Besonderes. Wir sind blaue mesopotamische Kurzhaarkatzen. Und was diese gewöhnlichen Katzen angeht«, er zukkte mit den Schultern, »wen kümmert es, was er mit ihnen tut? Sie sind nichts wert.«

»Was?«, sagte Holly. Ihre Ohren und Schnurrhaare schossen in die Höhe.

»Weniger als nichts«, sagte Tante Juni, als ob Holly gar nicht da wäre.

»Komm, Titus, wir gehen«, sagte Holly. »Diese Idioten verdienen genau das, was ihnen bevorsteht.«

Bei ihren Worten lief Titus ein Schauer über den Rücken. Er wusste nicht, was er tun oder sagen sollte, und blickte seine Mutter an.

»Wir wissen, wovon wir reden, Liebling«, sagte sie, und ihre Stimme klang sanft und vernünftig. »Wir gehen nirgendwohin.«

In seinem Kopf begann sich alles zu drehen. Vielleicht hatten sie ja Recht und Holly hatte Unrecht. Der Fremde hatte ihnen bis jetzt nichts getan; vielleicht würde er es niemals tun.

»Und was ist mit Holly?«, fragte er.

»Sie ist keine von uns«, beharrte sein Vater.

Titus blickte Holly an. Er blickte zu seiner Familie. Etwas in ihm schien sich zu verknoten. Er blickte wieder zu Holly. Dann zu seiner Familie. Und wieder zu Holly. Es war, als würde sein Innerstes auseinander gerissen. Er konnte es nicht.

»Wir brauchen dich hier«, sagte Jasmine.

»Ihr braucht mich?«, fragte Titus.

Vater Tatz nickte, sehr ernst. »Natürlich brauchen wir dich, Sohn. Du bist jetzt unser Familienoberhaupt. Du kannst uns doch nicht einfach so verlassen.«

»Du hast Julius besiegt«, sagte Jay.

»Julius hat mies gekämpft«, sagte Jethro.

»Du bist der Beste, Titus«, sagte Jerome.

Titus fühlte sich stolz, stolz eine blaue Kurzhaar zu sein.

Knaaaaaarrrrrr.

Es war die Haustür, die sich öffnete.

Klick, KLACK!

Der Fremde, der das Haus betrat. Zwei geschmeidige schwarze Katzen zu seinen Füßen.

»Los, komm«, drängte Holly. »Jetzt!«

Sie preschte davon, Richtung Korridor. Titus konnte sich nicht rühren. Sein Maul fühlte sich taub an. Er wollte mit ihr

gehen, doch wie konnte er? Er hatte endlich erreicht, wonach er sich immer gesehnt hatte: Aus ihm war eine echte
mesopotamische Kurzhaar blau geworden!

Das konnte er unmöglich wieder aufgeben. Er konnte jetzt
nicht weggehen.

Holly blieb stehen, kurz vor der Tür. Sie schaute zu ihm
zurück. Er sah weg. Scham kribbelte in seinen Augen, nahm
ihm die Sicht. Er konnte ihren senffarbenen Blick nicht
erwidern.

»Holly ...«

»Titus? Was ist denn?«

»Ich ... ich kann nicht ...«

Er spürte sie sofort: ihre unsichtbare Mauer, die sich wieder aufbaute und sie trennte. Und er wusste, warum. Weil er
genau das getan hatte, was sie von ihren Freunden stets be-
fürchtet hatte. Er hatte sie im Stich gelassen, genau in dem
Moment, als sie versucht hatte zu helfen. Aber was sollte er
denn tun?

»Ich bin der schlechteste Freund der Welt«, flüsterte er.

»Hör auf«, sagte sie. »Spar dir deine Worte.«

Wie am Boden festgewachsen sah Titus, dass Holly da-
vonschoss, als hätte sie Feuer gefangen, fort von ihm, zur
Haustür.

Die Katzen des Fremden reagierten blitzschnell. Wie ein

schwarzes Flimmern, wie ein einziger Körper, fingen sie sie ab und warfen sie zu Boden.

Titus' Bewusstsein wurde aktiv, nahm die glatte, geschmeidige Kraft, die tödliche Schnelligkeit der beiden wahr. In der Stadt war ihm alles begegnet, sogar die Furcht erregende Sally Bones, aber diese schwarzen Katzen waren etwas anderes. Ihre Art, sich vollkommen synchron zu bewegen, ihre identischen Augen … sie waren mehr Maschinen als Lebewesen.

Sie hatten Holly am Boden fixiert. Bei ihrem Anblick krampfte sich sein Herz zusammen, aber wie konnte er ganz allein gegen die beiden kämpfen? Sie würden ihn vernichten, wie sie den Alten Tatz vernichtet hatten.

Er drehte sich Hilfe suchend nach seiner Familie um, doch sie wandten sich ab. Niemand wagte ihn anzusehen.

Der Fremde schloss die Haustür. Er beugte sich hinunter, berührte eine der schwarzen Katzen am Halsband und flüsterte ihr etwas ins Ohr.

Sie ließ Holly mit der anderen schwarzen Katze allein, marschierte zum Vorderzimmer und stellte sich dort auf, um den Weg zu blockieren. Ihre schwarzen Augen starrten zu Titus und seiner Familie hinüber. Als ihr Blick auf ihn fiel, nahm sein Bewusstsein ein seltsames Gefühl der Kälte wahr.

Er machte einen Schritt auf die schwarze Katze zu, die ihn sofort zurückschubste. Sein Nackenfell stellte sich auf.

»Tu es nicht, Sohn«, sagte Vater Tatz. »Du bringst uns alle in Gefahr.«

»Lass ihnen einfach ihren Willen«, sagte Mutter Tatz. »Dann werden sie uns nichts tun.«

Die Wut packte ihn. Nach allem, was sie miteinander durchgemacht hatten, hatte er Holly im Stich gelassen. Er hatte sie hergebracht. Er hatte ihre kostbaren Sekunden vertrödelt, in denen sie vielleicht noch hätte entkommen können. Und nun konnte er ihr nicht einmal helfen, weil es seine Familie in Gefahr gebracht hätte, und das konnte er unmöglich riskieren.

Er wollte eine blaue Kurzhaar sein. Er war eine blaue Kurzhaar. Er gehörte zu ihnen. Nicht zu ihr. Zu ihnen.

Hilflos sah er mit an, wie die andere schwarze Katze Holly die Treppe hinaufzerrte. Sie wehrte sich nicht, ihr Kampfgeist war erloschen. Titus sah schweigend zu, unfähig sich zu rühren. Als Letztes sah er, wie ihre Schwanzspitze aus seinem Blickfeld verschwand. Es war, als müsste er zusehen, wie ihm sein eigenes Herz herausgerissen wurde.

Sie war fort. Der Fremde lief hinter ihr her die Treppe hinauf. Die schwarze Katze, die das Zimmer bewacht hatte, folgte ihm schließlich; nun war Titus mit seiner Familie wieder allein.

»Das ist mein Sohn«, sagte Vater Tatz.

»Ich wusste, dass du das Richtige tun würdest«, sagte Mutter Tatz.

»Was für eine hässliche kleine Katze sie war«, sagte Kusine Jasmine und ihre Stimme klang wie Milch. Verdorbene Milch.

Kapitel 31

An diesem Abend träumte Titus.

Er träumte, dass er am Tigris entlanglief. Dattelpalmen wiegten sich im zimtigen Wind. Er schaute hinauf zu den mesopotamischen Sternen, die ihm nicht länger fremd vorkamen. Sie waren nun ein Teil von ihm, so wie er ein Teil dieser Landschaft war. Friedlich war es hier draußen. Sein Zuhause. Wie schwer die Lehren von Jalal auch immer sein mochten, so kompliziert wie die reale Welt mit ihren Entscheidungen, Gefahren und Fehlschlägen waren sie nicht.

Jalal lief neben ihm. »Das Wissen, das verloren gegangen war, ist fast wiederhergestellt. Nur eine Kunst steht noch aus.

Die allerdings kann ich dir nicht beibringen. Ich kann dir nur sagen, wie sie heißt.«

Während er sprach, fragte sich Titus, was dieser Stammesvater aller blauen mesopotamischen Kurzhaarkatzen eigentlich von ihm hielt. Jalal hatte seine Frage danach nie beantwortet. Würde der alte Kater stolz darauf sein, dass Titus zu seiner Familie gehalten hatte? Er hatte vor einer schrecklichen Entscheidung gestanden und sich für die blauen Kurzhaarkatzen entschieden. Der Gedanke an Holly tat ihm weh, also versuchte er ihn zu verdrängen und schaute stattdessen seinen silberblauen Urahn an.

»Wie heißt die siebte Kunst, Jalal?«

»Die siebte Kunst heißt Traue-dir-selbst. Das war es. Damit ist dein Unterricht beendet. Erhalte die Lehren, Titus Tatz.«

Jalal glitt hinunter zum Flussufer.

»Warte!«, rief Titus. »Ich verstehe es nicht. Zeig mir, was es bedeutet.«

»Traue-dir-selbst ist eine Kunst wie die Offenheit«, sagte Jalal. »Doch während die erste Kunst nach außen schaut, schaut die siebte nur nach innen. Dies ist von allen Künsten die schwerste. Für jemanden, der sich nicht einmal für würdig hält, er selbst zu sein, ist es vielleicht unmöglich.«

Titus ließ den Kopf hängen, versuchte Jalals bernsteinfarbenem Blick auszuweichen. Doch vor den Worten seines Urahns gab es kein Entrinnen. Sie schienen ihn genau ins Herz zu treffen.

»Was habe ich dich gelehrt, mein Sohn? Eine Katze muss frei sein, muss sich selbst treu bleiben. Als du sagtest, dass du es nicht wert wärst, eine blaue mesopotamische Kurzhaar zu sein, wusste ich nicht, ob ich lachen oder weinen sollte. Begreif doch: Wer du bist und wo du herkommst, spielt für mich absolut keine Rolle. Das Einzige, was zählt, ist, was du tust.«

Titus starrte seinen Urahn mit offenem Maul an. Er konnte nicht glauben, was er da hörte. »Sind wir denn nicht die vornehmsten aller Katzen?«, fragte er.

»Wir sind, was immer wir sein wollen«, sagte Jalal. »Wenn es überhaupt von Bedeutung ist, eine blaue Kurzhaar zu sein, dann bedeutet es, meine Lehren zu befolgen. Jede Katze, die das tut, gehört zu mir. Traue-dir-selbst, das ist alles, was du tun musst, und ich sage dir, dass du es wert bist, eine blaue Kurzhaar zu sein.« Er lächelte. »Was sagst du nun, Titus Tatz?«

»Aber meine Augen ...«

»Was ist mit deinen Augen?«

»Sie haben die falsche Farbe. Die Farbe der Gefahr.«

»Und welche ist das?«

Titus zögerte. »Ich weiß es nicht«, gab er zu. »Ich habe sie noch nie gesehen.«

»Komm her zu mir, mein Sohn.«

Titus glitt zum Ufer hinab.

»Sieh mich an«, sagte Jalal. »Bin ich es wert, eine blaue mesopotamische Kurzhaarkatze zu sein?«

»Natürlich!«

»Nun schau in den Fluss«, sagte Jalal. »Was siehst du?«

Titus betrachtete die stille Oberfläche des Tigris. Tief unten sah er das Schimmern der Sterne. Sah den Mond im Osten aufgehen.

Und er sah zwei silberblaue Katzen mit bernsteinfarbenen Augen, die ihm ruhig entgegenblickten.

Kapitel 32

Titus erwachte aus seinem Traum und fand sich im Vorderzimmer wieder. Er sah sich um und stellte fest, dass es draußen immer noch dunkel war. Die Familie hatte sich im Kreis um ihn versammelt, neben dem Sessel der Komtess.

In seinem Kopf war alles klar und scharf umrissen, wie der Himmel nach einem Sturm. Er wusste, was er zu tun hatte.

Mit einem Satz sprang er auf den roten Samtsessel. Niemand versuchte ihn davon abzuhalten, weder sein Vater noch Julius. Es war sein Sessel. Er hatte die Macht und nur er konnte entscheiden, wie er sie nutzen wollte.

»Also«, sagte er. »Ich will die Wahrheit wissen. Hat irgendjemand die Komtess gesehen, seit der Fremde hier im Haus ist?« Sie schüttelten die Köpfe. »Das heißt, dass wir von seiner Gnade abhängig sind, wenn wir nichts unternehmen. Wie oft ist er hier?«

»Er ist viel unterwegs«, sagte Vater Tatz.

»Und die schwarzen Katzen? Begleiten sie ihn?«

»Titus, du bist das Familienoberhaupt«, sagte Julius. »Darüber möchte ich nicht streiten. Aber warum stellst du uns all diese Fragen? Das wird uns nichts als Ärger einbringen. Warum kannst du die Dinge nicht einfach so akzeptieren, wie sie sind?«

»Weil dort oben etwas vorgeht, etwas Schlimmes. Ich werde herausfinden, was es ist. Und ich werde meine Freundin zurückholen. Und wenn es sein muss, kämpfe ich dafür mit diesen schwarzen Katzen.«

»Was auch immer dort oben geschieht«, sagte Mutter Tatz, »es betrifft uns nicht, Liebling. Wir sind anders.«

Titus schüttelte den Kopf. »Das sind wir nicht. Wir sind nichts Besonderes. Wir sind Katzen, genau wie alle anderen.« Sie starrten ihn an, als wäre er verrückt geworden. »Habt ihr nicht gehört, was Holly sagte? Sie hat Recht. Vielleicht nicht heute, vielleicht auch nicht morgen, aber irgendwann in nächster Zeit wird der Fremde kommen, um uns ebenfalls zu holen. Seine Katzen haben den Alten Tatz getötet, um uns an der Flucht zu hindern. Der Mann hat etwas mit uns vor, das spüre ich.«

Seine Familie begann miteinander zu tuscheln. Sie dachten über seine Worte nach. Aber sie waren noch nicht überzeugt.

»Selbst wenn du Recht hättest«, sagte Vater Tatz, »wie sollen wir denn gegen diese schwarzen Katzen kämpfen? Sie sind zu stark.«

»Der Alte Tatz hat mit ihnen gekämpft«, sagte Titus. »Sie haben ihn besiegt, aber vorher hat er sich mit ihnen einen Kampf geliefert, einen guten Kampf. Wenn wir zusammenhalten, können wir es schaffen. Davon bin ich überzeugt. Wer kommt mit mir?«

Er blickte von einem zum anderen.

Mutter, Vater und Tante Juni schauten weg. Julius und

Jasmine schauten weg. Jay, Jethro und Jerome schauten weg.

Titus Tatz war wieder allein.

»Nun gut«, sagte er. »Falls ihr eure Meinung ändert, wisst ihr ja, wo ihr mich finden könnt.«

Er stieg vom Sessel und schritt hinaus aus dem Kreis, hinaus aus dem Zimmer, in den Korridor. Niemand kam mit. Er erwartete es nicht. Es war in Ordnung. Wie damals in der Stadt hatte er niemanden, auf den er sich verlassen konnte. Er hatte nur sich selbst und die Künste, die Jalal ihn gelehrt hatte. Sonst nichts.

Er schlich sich zur Treppe. Holly war irgendwo dort oben. Und die Katzen des Fremden ebenfalls. Wie würde er an ihnen vorbeikommen? Er würde sich unsichtbar machen müssen. Er musste schattengehen, die einzige Kunst, die er nicht beherrschte.

Er atmete tief ein. Diesmal musste es einfach funktionieren. Eine andere Lösung gab es nicht.

Er dachte an seine Träume. *Du musst dich selbst kennen, dir deiner sicher sein, ehe du dich loslassen kannst. Weißt du, wer du bist?*

Ja, das weiß ich, dachte er. Ich bin Titus Tatz. Nicht mehr und nicht weniger.

Er entspannte sich, ließ los und verschmolz mit den Schatten am Fuß der Treppe. Die Welt um ihn herum flimmerte leicht.

Eine der Katzen des Fremden kam aus dem Zimmer der Komtess. Sie stellte sich oben an die Treppe und überwachte die Empfangshalle mit ihren schwarzen Augen. Würde sie ihn sehen? Für einen Moment drehte sie sich in seine Richtung ... blickte jedoch durch ihn hindurch.

Titus stellte eine Pfote auf die erste Stufe. Die schwarze Katze reagierte nicht. Es war, als wäre er gar nicht da.

Langsam, vorsichtig, tief geduckt erklomm Titus im Schattengang die Stufen. Die Katze des Fremden blieb einfach sitzen, ohne es zu bemerken. Sie konnte ihn nicht sehen. Niemand konnte es. Er war unsichtbar und konnte gehen, wohin er wollte. Aber wohin wollte er? Was würde er zu sehen bekommen? Er dachte an Hollys entsetzten Gesichtsausdruck, als sie berichten wollte, was sie gesehen hatte. Was auch immer ihn erwartete, es war nichts Gutes.

Oben angekommen hörte er ein vielstimmiges Miauen. Sein Fell begann unangenehm zu kribbeln: Es klang nach Angst. Aber er musste sich dem stellen, was ihn dort oben erwartete. Ganz gleich, wie schrecklich sie war, er musste die Wahrheit erfahren, über den Fremden, über die Verluste und das Zimmer der Komtess. Es war die einzige Chance Holly zu retten.

Sein Bewusstsein signalisierte Gefahr, während er sich an der schwarzen Katze vorbei bis zu dem Zimmer schlich. In den Schatten verharrend, lugte er hinein.

Es war genau, wie Holly gesagt hatte. Drinnen stand ein Käfig. Mit einer massiven Metalltür und scharfem Maschendraht. Er war voller Katzen, Straßenkatzen ohne Halsbänder. Doch sie wirkten weder zäh noch bedrohlich. Der Geruch ihrer Angst hing schwer in der Luft. Titus konnte ihn

als etwas Bitteres auf seiner Zunge schmecken. Sie duckten sich vor dem Fremden, als er in den Käfig hineingriff; duckten sich vor der schwarzen Katze, die um seine Schuhe streifte.

Titus legte den Kopf in den Nacken und sah, wie der Fremde eine Schildpattkatze aus dem Käfig nahm. Sie miaute herzzerreißend, ebenso wie die Katzen um sie herum.

Der Fremde schloss die Käfigtür und verriegelte sie mit einem Hebel. Titus durfte sich nicht rühren, als die glänzenden Schuhe vorbeiklickerten, nur eine Schnurrhaarbreite von ihm entfernt. Der Mann trug die Schildpattkatze am Nackenfell baumelnd aus dem Zimmer. Die schwarze Katze blieb zurück, um die anderen zu bewachen.

Titus brauchte seine ganze Selbstbeherrschung, um dort oben auszuharren. Der Fluchtinstinkt umklammerte seine Brust. Der Käfig, die Katzen, der Geruch: alles war wie in einem Albtraum. Aber er musste auf sich vertrauen, musste sich selbst treu bleiben. Unten an der Treppe hatte er gewusst, dass es richtig war hier heraufzukommen. Und es war nach wie vor richtig. Für eine freie Katze konnte es nichts Schlimmeres geben, als in einem solchen Käfig eingesperrt zu sein. Selbst wenn es die blauen Kurzhaarkatzen nie betraf, war dies hier wichtiger als die Familie, wichtiger als alles andere. Er musste einen Weg finden, um Holly und die anderen zu befreien.

Aber wo war sie? Er warf einen weiteren Blick in den Käfig – und entdeckte sie schließlich in einer Ecke. Holly war wohlauf! Titus sah, dass sie sich mit einer anderen Katze unterhielt. Mit einer dünnen, verängstigt wirkenden schokoladenbraunen Katze. War das denn möglich? Titus sah genauer hin. Sein Herz machte einen Sprung.

Es war Tam! Dort drüben saß sie: verschreckt, aber lebendig, nach all der Zeit. Also hatte Holly, was die Verluste anging, Recht gehabt. Hier landeten all diese Katzen. Aber weshalb?

»Wo bringt er diese Schildpatt hin?«, fragte Holly Tam. »Was macht er mit ihr?«

Tam schüttelte den Kopf. »Das wissen wir nicht. Aber das ist ihr Ende. Wen er erst einmal ausgewählt hat, für den ist es vorbei.« Sie erschauerte.

»Aber es dauert nicht lang«, sagte eine andere Katze.

Ein Kribbeln lief Titus vom Kopf den Rücken hinunter. Was dauerte nicht lang? Was ging dort vor sich? Und woher kam diese Trockenheit in seinem Maul?

»Können wir nicht irgendwie aus diesem Käfig raus?«, hörte er Holly fragen.

»Glaubst du, wir haben es nicht versucht?«, sagte Tam. »Er lässt sich nur von außen öffnen. Und selbst wenn man es schafft, wie soll man an denen dort vorbeikommen? Diese schwarzen Katzen waren es, die uns überhaupt erst gefangen haben.«

Titus fröstelte. Da war es wieder, dieses seltsame Gefühl, von irgendetwas beobachtet zu werden, das weder richtig lebte noch richtig tot war. Dasselbe hatte er am Fuß der Treppe empfunden, beim Blick in die Augen der schwarzen Katze. Was hatte das zu bedeuten? Diesmal konnte es nicht von der schwarzen Katze kommen, denn sie sah ihn nicht an.

Mit zugeschnürter Kehle, seine Angst gerade noch im Zaum haltend, folgte Titus seinem Bewusstsein. Und nun erkannte er, wo sein Gefühl herrührte. Es war nicht nur ein Blick, den er spürte, sondern viele.

In dem Zimmer der Komtess befanden sich noch andere Katzen, übereinander gehäuft in einer Kiste. Sie bewegten sich nicht, redeten nicht, atmeten nicht. Er blickte ihnen in die Augen. Sie waren weit aufgerissen, aber sie blinzelten nicht. Es waren überhaupt keine Augen. Es war glänzendes, buntes Glas, mit einer schwarzen Kerbe in der Mitte.

Seine Gedanken überschlugen sich. Was hatte Holly gesagt? »Sie sind nicht lebendig.« Nein, sie waren genau wie die Spielzeugkatzen in der Stadt – nur ausgeschaltet.

Der Fremde kam zurück ins Zimmer. Er trug die Schildpattkatze, doch sie war nicht mehr dieselbe. Inzwischen war sie vollkommen reglos, bewegte sich nicht, atmete nicht, zwinkerte nicht mit den glasigen Augen.

Sie trug ein neues, eng anliegendes Halsband. Der Fremde berührte es und als die Katze ihr Maul öffnete, um zu reden, wusste Titus mit furchtbarer, unerträglicher Gewissheit, was sie sagen würde ...

»Es geht mir ausgezeichnet, danke, bitte«, leierte die Schildpattkatze mit hohl klingender Piepsstimme.

Es geht mir ausgezeichnet, danke, bitte

Ihr lächelnder Kopf wippte auf und ab, bis der Fremde sie erneut am Halsband berührte und sie wieder erstarrte.

Sie war nun eine Spielzeugkatze, wie die anderen: ein perfektes, haltbares Kuscheltier, das fast lebendig wirkte, weil es einmal lebendig gewesen war. Und bei all den übrigen war es dasselbe, bei jeder einzelnen. Nicht richtig lebendig. Nicht richtig tot. Nicht länger Katzen, sondern Spielzeuge.

Titus wollte schreien. Es war unrecht. Etwas derart Unrechtes hatte er noch nie gesehen.

Der Fremde legte die Schildpattkatze vorsichtig in die Kiste und strich, während er seine Spielzeuge zählte, mit der Hand über sie hinweg. Titus musste den Blick abwenden. Und die Katzen im Käfig begannen zu schreien.

Kapitel 33

Die Schuhe des Fremden klickerten an Titus vorbei, als er das Licht löschte und die Treppe hinuntereilte. Die schwarze Katze ging mit ihm.

Wut. Blanke, siedend heiße Wut stieg in Titus auf, durchströmte seine Muskeln, brannte seine Angst fort. In seinem Kopf gab es nichts anderes mehr als das, was der Fremde diesen Katzen angetan hatte. Er musste dafür sorgen, dass es aufhörte, sofort, solange er noch den Vorteil der Überraschung nutzen konnte. Es galt keine Sekunde zu verlieren.

Er trat aus den Schatten heraus in das Zimmer der Komtess. Das Schreien hörte augenblicklich auf. Alle im Käfig starrten ihn an. Hundert Paar Katzenaugen glühten in der Dunkelheit. Wie sollte er sie befreien?

Er hatte gesehen, wie der Fremde einen Hebel umgelegt hatte, um den Käfig zu verriegeln. Dort war er, auf halber Höhe. Wieder einmal stand Titus Tatz eine Kletterpartie bevor.

Der Maschendraht schnitt ihm in die Ballen, als er sich hochzog, aber zumindest fand er hier besseren Halt als an der Gartenmauer. Titus umklammerte den Hebel mit beiden Pfoten und hängte sich mit seinem ganzen Gewicht daran – der Hebel klickte und die Metalltür sprang auf. Kat-

zen strömten heraus. Sie drängelten und schubsten, kämpften darum, so schnell wie möglich wegzukommen.

»Wartet!«, rief Titus. »Hört alle zu! Wir müssen zusam-
menarbeiten …«

Niemand beachtete ihn. Panisch flüchteten alle aus der
Finsternis im Zimmer der Komtess. Titus sprang vom Käfig
herunter. Unten am Boden herrschte Chaos. Pfoten, Krallen

und schlangengleiche Schwänze wirbelten wild durcheinander, während hundert Katzen um ihre Freiheit kämpften.

Es lief nicht nach Plan. Wo waren Tam und Holly? Sie konnten ihm helfen, falls Holly ihm verzieh.

Schreie ertönten von irgendwo außerhalb des Zimmers. Titus kletterte mühsam über Pfoten und Klauen, zur Tür hinaus, auf den Treppenabsatz, hinaus ins Licht.

Oben an der Treppe standen die schwarzen Katzen. Alle Beide.

Gemeinsam waren sie Grauen erregend. Niemand kam an ihnen vorbei. Um sie herum verteilt lagen die Körper derer, die es zuerst aus dem Käfig hinaus geschafft hatten. Die schwarzen Katzen hatten sie brutal beiseite gefegt und Titus konnte nicht sagen, ob sie nur bewusstlos waren oder tot. Die anderen versuchten verzweifelt, wieder in das Zimmer der Komtess zurückzugelangen, wo sie sich sicher glaubten.

Es war ein Gemetzel. Doch obwohl er mittendrin steckte, empfand Titus eine seltsame Gelassenheit. Es gab kein Zurück mehr für ihn. Dies hier würde nicht so sein, wie sich mit Julius anzulegen oder mit Razor. Dies hier war etwas anderes. Ein Kampf auf Leben und Tod. Nicht mehr und nicht weniger.

Wie ein Tänzer bahnte er sich seinen Weg durch das Chaos aus Katzen. Sie machten ihm Platz. Eine tiefe Stille senkte sich über den Treppenabsatz.

Titus blickte die schwarzen Katzen an und begann tief einzuatmen, seine Lungen zu füllen. Mit jedem Atemzug fühlte er sich besser und stärker. Die Kraft in ihm fing an zu wachsen. Dies war es, wozu er geboren worden war, der Moment, den er sein ganzes Leben lang herbeigesehnt hatte.

Vierte Kunst: Langsamzeit. Er atmete ein, verlangsamte sich.

Fünfte Kunst: Energiefluss. Titus schritt auf die Katzen des Fremden zu, erfüllt von einem warmen Strom schier grenzenloser Kraft.

Sechste Kunst: Schattengehen. Er wurde flimmernd unsichtbar. Die Schnurrhaare der schwarzen Katzen zuckten, als ahnten sie, dass etwas passieren würde, sie konnten sich nur nicht vorstellen, was. Die Energie katapultierte Titus in die Höhe, ein fliegender Bogen der Rache, der auf den Feind zielte. Für den Alten Tatz. Für Holly und Tam. Für alle Katzen, die von den Straßen der Stadt verschwunden waren.

Die Kraft in seinen Pfoten wuchs an. Seine Krallen traten hervor, wütende weiße Messer, die die fremden Katzen immer und immer wieder schlugen!

Titus war aus den Schatten herausgetreten. Energie, Dunkelheit und Licht durchströmten ihn und entluden sich in einem Schlag nach dem anderen. Die vielen Demütigungen der anderen, die vielen Abschiede, all seine Wut und all sein Schmerz gingen ein in diesen Angriff.

Es war ein überwältigendes Gefühl, ein gewaltiger Ausbruch von Energie, stärker fast, als er ihn kontrollieren konnte. Er konnte diesen Kampf gewinnen. Er konnte jeden besiegen, denn er beherrschte die Künste, er erhielt die Lehren für die Nachwelt. All das, was Jalal ihm weitergegeben hatte, vereinigte sich in ihm. Und ringsum hörte er die Straßenkatzen, die nun nicht mehr ängstlich miauten, sondern jubelten, während er auf ihre Feinde losging. Es konnte nicht mehr lange dauern, dann würden die anderen sich ihm anschließen und gemeinsam würden sie die Schlacht gewinnen.

Er hatte eine der schwarzen Katzen rückwärts an die Wand gedrängt. Titus blickte ihr in die Augen. Nicht einmal jetzt zeigten sie die geringste Regung.

Er feuerte einen weiteren Energiefluss ab, schlitzte ihr quer übers Gesicht. Ihr Auge zuckte nicht einmal. Aus der

Wunde kam kein Blut. Titus zerfetzte sie, doch sie blutete nicht. Wie war das möglich? Er traf sie mit seinen besten Schlägen, Schläge, von denen er wusste, dass sie jede normale Katze niedergestreckt hätten – doch sie hielt sich auf den Beinen. Sie sackte nicht zu Boden. Und nun hatte er den Vorteil des Überraschungsangriffs verloren.

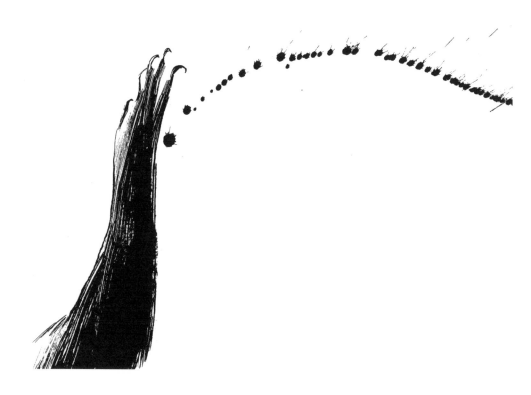

Die schwarze Katze schlug zurück. Sie war unglaublich schnell, selbst in Titus' Langsamzeit. Er sprang zur Seite und wich ihr gerade noch rechtzeitig aus.

Die beiden Schwarzen wechselten einen Blick. Und dann gingen sie gemeinsam auf ihn los, wie sie damals vor langer Zeit im Garten auf den Alten Tatz losgegangen waren.

Zwei Körper im perfekten Gleichschritt, einer von jeder Seite. Titus spannte den Kreis, so weit, wie seine Vorstellungskraft reichte. In gedankenschneller Bewegung wehrte er einen Schlag ab, dann den nächsten und den nächsten, leitete sie von sich weg.

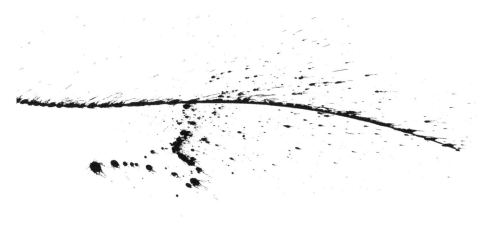

Der Kreis hielt. Er spürte, wie knisternde Energie ihn durchströmte. Doch die schwarzen Katzen griffen immer wieder an, unnachgiebig, unermüdlich, perfekt. Zu zweit. Sie ließen ihm keine Sekunde, um einen klaren Gedanken zu fassen. Ließen ihm nicht das geringste Schlupfloch, nicht die geringste Chance. Es kostete ihn seine ganze Kraft, seine ganze Konzentration, um sie abzuwehren. Und nach und nach drängten sie ihn immer weiter zurück, zurück, zurück zum Zimmer der Komtess.

KRACH!

Eine der schwarzen Katzen durchbrach seinen Kreis. Seine Verteidigung war dahin. Er taumelte, verlor das Gleichgewicht. Die Katze sprang auf ihn, rang ihn zu Boden.

Titus wand sich, um freizukommen, doch es war zwecklos. Seine Gegnerin hatte ihn überwältigt, boxte ihn immer tiefer zu Boden.

Er kriegte kaum noch Luft. Wo waren die anderen? Warum kamen sie ihm nicht zu Hilfe? Er musste sich befreien. Titus schlug um sich.

Das Gewicht der Katze drückte ihn nach unten, fixierte seine Pfoten, quetschte ihm die Lungen. Titus röchelte. Er bekam keine Luft. Vor sich nichts als schwarze Augen.

Er hatte alle Künste angewandt und sie reichten nicht aus. Die Lehren reichten nicht aus.

Aber es gab mit Sicherheit eine Möglichkeit sie zu besiegen. Es musste sie einfach geben. Aus dem Augenwinkel nahm er einen Blitz aus schwarzweißem Fell wahr. Eine raue Stimme ertönte. »Das Halsband!«

Das Halsband? Titus sah zum Hals der schwarzen Katze. Sie trug ein Halsband wie die Spielzeugkatzen. Er sah in ihre Augen. So seltsam. Nicht wie Katzenaugen. Glasig.

Glas. Sie waren aus Glas. Wie die der Spielzeugkatzen.

Weder richtig lebendig noch richtig tot. Wenn der Fremde

in der Lage war, Spielzeugkatzen herzustellen, warum dann nicht auch Kampfkatzen? Eine perfekte Maschine. Die man nicht töten konnte, die nicht blutete, die niemals aufgab. Die sich an- und abstellen ließ ... am Halsband.

Seine letzte Chance.

Er atmete ein, sog sich mit Luft voll und stieß sie mit einem letzten Aufbäumen wieder aus, mit einem verzweifelten Ausfall in Richtung der Kehle der schwarzen Katze. Seine Zähne schlossen sich um das Halsband. Zerrten daran. Und rissen es mitten entzwei.

Langsam löste sich das Band vom Hals der schwarzen Katze und fiel zu Boden. Ihre Augen weiteten sich vor Verblüffung. Sie wollte eine Pfote heben, doch ihre Bewegungen wurden müder und müder. Und langsam, fast anmutig, sank sie surrend zu Boden

und

kam

zum

Stillstand.

Kapitel 34

Oben an der Treppe herrschte Schweigen. Die Katze des Fremden war erledigt. Steif und verknautscht lag ihr Körper am Boden. Sie hatte nichts Grauen Erregendes mehr an sich. Sie sah aus wie das, was sie war: ein kaputtes Spielzeug.

Titus stand auf, zitternd, erschöpft. Er konnte nicht glauben, dass er es geschafft hatte. Trotz all seiner Künste hatte er den schwarzen Katzen nicht das Wasser reichen können. Er hatte den Kampf seines Lebens gekämpft, doch in Wahrheit waren sie echten Katzen in fast jeder Hinsicht überlegen. Nur dass sie niemals wirklich lebendig sein konnten. Das war ihre Stärke und zugleich ihre Schwäche. Das hatte er sich schließlich zu Nutze gemacht.

Die andere Katze starrte auf das kaputte Spielzeug, als könnte auch sie nicht begreifen, was passiert war. Sie stupste den verknautschten Körper an. Keine Reaktion. Keine Regung. Kein Leben.

Die Katze erhob sich, sehr langsam, und kam auf Titus zu. Er wusste, was ihm bevorstand. Diese hier würde ihn nie und nimmer an ihr Halsband heranlassen. Sie würde ihre Zwillingsschwester rächen. Sie würde ihn vernichten. Und er hatte nicht die leiseste Ahnung, wie er gegen sie ankommen sollte.

Doch kurz vor ihm blieb sie stehen und sah ihm in die Augen. Und zum ersten Mal vermeinte Titus in ihrem Blick den Anflug einer Gefühlsregung zu erkennen. Ihre Augen blickten traurig. Sehr, sehr traurig.

Sie kämpfte nicht mehr. Sie streckte ihm den Hals hin. Sie hätte ihn schlagen können, hätten jeden schlagen können, doch sie streckte ihm den Hals hin, als wollte sie, dass er ihr Halsband ebenfalls durchtrennte.

Titus zögerte. Nach all der Angst, nach all dem Hass auf die schwarzen Katzen hätte er sich niemals vorstellen können, dass auch sie Gefühle hatten. Aber die beiden waren immer eins gewesen, und nun, ohne ihre zweite Hälfte, war selbst diese perfekte Kampfmaschine nutzlos.

Titus glaubte es zu begreifen. Er beugte sich in ihre Richtung. Die schwarze Katze wich nicht zurück, wehrte sich nicht. Ganz vorsichtig durchtrennte er ihr Halsband. Ihre Augen weiteten sich für einen Moment …

... dann sank auch sie surrend zu Boden.

Es war vorüber.

»Er hat es geschafft!«

»Er hat sie besiegt!«

Alle schrien wild durcheinander.

»Wir sind *frei*!«

Wo war Holly? Das war in diesem Moment sein einziger Gedanke. Wo war sie? Sie hatte erkannt, wie man die Kampfkatzen besiegen konnte. Sie war es, die es geschafft hatte.

»Irgendwie traurig, diese schwarzen Katzen«, sagte eine raue Stimme hinter ihm. »Die eine konnte nicht ohne die andere sein.«

Titus drehte sich zu ihr um und sah sie an. Mit bebendem Herzen. Würde sie ihm verzeihen?

»Holly, es tut mir Leid. Ich hätte mit dir gehen sollen ...«

Ihre senffarbenen Augen strahlten. »Ich weiß. Aber du hast es wieder gutgemacht. Weil du nämlich gar nicht der weltweit miserabelste Freund bist, Mr Tatz. Ganz und gar nicht.«

Sie grinsten sich an.

»Titus, du hast es geschafft!«, sagte Tam. Sie war ganz außer Atem und ihre Augen glänzten. »Ich habe ihr gesagt, dass du es tun würdest. Hab ich's nicht gesagt, Holly?«

»Tam«, sagte er. »Wie schön, dich wiederzusehen!«

Überall ertönten Jubelrufe. Ein paar der Käfigkatzen machten sich auf den Weg nach unten.

»Wartet!«, brüllte Holly. Ihre raue Stimme ließ sie auf der Stelle innehalten. »Es ist noch nicht vorbei«, warnte sie. »Wir müssen einen Weg nach draußen finden. Das Haus ist überall abgesperrt, alle Fenster, alle Türen. Wir müssen also einen anderen Weg finden. Wir gehen hinunter, aber leise. Niemand tut irgendetwas, bevor wir es sagen. Wir wollen euch nicht herumkommandieren, aber wir wissen, was hier los ist, okay?«

Eine Welle von zustimmendem Gemurmel ging durch die Menge. Titus staunte über Hollys Art, die Führung zu übernehmen. Er lächelte im Stillen, während sie die Katzen gemeinsam die Treppen hinunterführten, verstohlen und leise. Er hatte seine Freunde wieder, alle beide. Sie hatten die schwarzen Katzen besiegt. Sie hatten das Unmögliche geschafft.

Nach allem, was sie durchgemacht hatten, würde vielleicht ja doch noch alles gut enden.

»Titus, Titus, Hilfe!«

Er blickte die Treppe hinunter. Es war Julius, der schrie.

Julius, den der Fremde gepackt hatte.

Der Fremde, der sie am Fuß der Treppe erwartete.

Die Katzen erstarrten vor Angst. Titus erkannte seine Familie auf der Schwelle zum Vorderzimmer, zitternd, machtlos. Dem Fremden gegenüber waren sie alle machtlos. Die schwarzen Katzen waren fort, doch sie waren nichts gewesen im Vergleich zu dem Mann, der sie erschaffen hatte.

Klick, KLACK!

Der Fremde ließ Julius fallen, trat auf die Treppe zu und begann mit Donnerstimme zu brüllen.

Die Katzen stoben auseinander.

»Wartet!«, schrie Holly, aber niemand hörte mehr zu.

Die Straßenkatzen gerieten in Panik, machten kehrt, flüchteten die Treppe hinauf. In Sekundenschnelle standen Titus, Holly und Tam allein da, als der Fremde auf sie zukam.

Sein Schatten wurde länger und länger. Er bedeckte die Treppe und tauchte sie in Dunkelheit, noch ehe er sie erreicht hatte. Seine Schuhe schimmerten wie schwarzes Eis. Während sie näher und näher heranklickerten, konnte Titus sein eigenes Spiegelbild in ihnen erkennen, das in ihrer Schwärze immer größer wurde.

Wie hatte er nur glauben können, dass alles gut gehen würde? Er hätte es besser wissen müssen. Er hasste sich selbst für jene Momente der Hoffnung, denn nun waren alle Hoffnungen dahin, nichts davon war übrig geblieben.

»Es gibt keinen Fluchtweg, oder, Titus?«, sagte Tam.

»Nein.«

»Das sieht nach Abschied aus«, sagte Holly. »Wir kämpfen bis zum Letzten?«

»Bis zum Letzten«, nickte Titus.

Die wächserne Hand des Fremden griff nach ihm, groß genug, um seinen ganzen Körper zu halten. Stark genug, um ihm das Genick zu brechen.

Titus fletschte die Zähne. Bereit zuzubeißen. Bis zum Tod zu kämpfen. Und es *war* der Tod, der ihn erwartete. Was sonst?

Die Hand schloss sich um sein Nackenfell und …

KRACH! Das Splittern von Glas. Ein Brüllen, als bräche der Himmel auf: »LASS MEINE FREUNDE IN RUHE!«

246

... die Hand ließ ihn los. Titus hob den Kopf und erblickte das größte, schwärzeste Ungeheuer der Welt.

Cludge, es war Cludge. Der Riesenhund war hereingekommen! Er hatte die Scheiben des Hauses der Komtess zerschmettert!

Cludge tobte. Sogar Titus erschauerte bei seinem Anblick.

Cludge brüllte. Der Fremde zog den Kopf ein, wich von der Treppe zurück, mit erhobenen Händen, zitternd vor Entsetzen.

Es war etwas, was Titus sich nicht hatte vorstellen können. Dieser gewaltige Mann, so riesig, so mächtig, der die Spielzeugkatzen geschaffen hatte und die schwarzen Kampfkatzen. Der für die Verluste verantwortlich war. Der zu allem fähig war. Nun hatte auch er, trotz all seiner Macht, vor etwas Angst, gab es etwas, dem er nicht gewachsen war. Vor Cludge wurde er wieder zu einem kleinen Jungen, ängstlich, verloren und ganz allein.

Cludge umkreiste ihn, knurrend und die Zähne fletschend. Er drängte den Mann hinüber zu dem kaputten Fenster, und dann ging er mit seinen großen stumpfen Krallen auf ihn los.

Der Fremde schrie auf. Er drehte sich um und sprang, aus dem Fenster, aus dem Haus. Cludge zwinkerte ihnen kurz zu, dann sprang er ihm hinterher ... und jagte den schreienden Mann in die Nacht hinaus.

Kapitel 35

Der Fremde war fort. Lautstarker Jubel ertönte. Die Käfigkatzen stürmten die Treppe hinunter.

Titus Tatz ließ sich zu Boden plumpsen. Auch er hätte in Hochstimmung sein müssen, aber er war es nicht. Alles, was er wollte, war ein stilles Plätzchen, um sich auszuruhen.

Keine Chance.

»Titus Tatz! Du hast es geschafft!«, sagte Julius.

»Titus und seine Freunde!« Sie waren von bewundernden grünen Augen umringt. Die mesopotamischen Kurzhaarkatzen nahmen sie auf ihre Schultern. Ringsum besetzten die Straßenkatzen das Haus der Komtess. Sie waren überall, feierten ihre Rettung, genossen die Freiheit.

»Jalal sei Dank, dass alles vorbei ist«, sagte Mutter Tatz in dem ganzen Durcheinander. »Wie soll sich unser Leben denn nun wieder normalisieren?«

»Das Gute ist ja, dass wir das ganze Trockenfutter haben«, sagte Vater Tatz. »Zwar kein Kaviar, aber es wird schon gehen.«

Titus starrte sie erschrocken an. »Ihr wollt doch nicht etwa hier bleiben, nach allem, was geschehen ist?«

»Wir können nicht in die Draußenwelt gehen«, sagte sein Vater.

»Dies hier ist unser Zuhause«, sagte Jasmine. »Das Haus der Komtess.«

»Aber es gibt keine Komtess mehr«, sagte Titus. »Und auch keinen Fremden. Es gibt nur noch uns. Wir sind überall auf der Welt auf uns allein gestellt.« Geschniefe war zu hören. Es kam von Jay, Jethro und Jerome. »Habt keine Angst«, sagte Titus. »Wir fangen von vorne an. Wir finden irgendwo ein neues Zuhause. Genau wie Jalal, als er Mesopotamien verließ. Aber diesmal wird es unser eigenes Zuhause sein, weil wir es uns selber schaffen.«

»Ti! Tus! Tatz!«

»Cludge!« Die Familie jagte davon, als der riesige Hund wieder zum Fenster hereingesprungen kam. Tam drehte sich zu Holly um, die Augen weit aufgerissen vor Erstaunen.

»Ich glaub's nicht«, flüsterte sie. »Hat er es wirklich geschafft, mit einem Hund zu reden? Mit einem richtig echten Hund?«

»Das ist Cludge«, erklärte Holly. »Ein Freund.«

Cludges Schwanz wedelte ausgelassen. Der trübe Schleier in seinem Blick war verschwunden. Nun hatten seine Augen das klarste Schwarz und sie funkelten mit neuem Leben. »Mann jetzt weg«, hechelte er. »Kommt nich wieder.«

Titus grinste. »Du hast uns alle gerettet, Cludge. Aber wie bist du bloß über die Mauer rübergekommen?«

Cludge richtete sich zu seiner vollen Größe auf. »Mauer hat Cludge geangstet. Aber Freunde brauchen Cludge.« Er zuckte mit den Schultern. »Also Cludge klettert Mauer.«

Noch mehr Jubelrufe ertönten. Ein paar der Käfigkatzen

hatten den Kaviar des Fremden entdeckt und feierten ein Festmahl, wie sie es noch nie zuvor getan hatten. Andere drängten durch das kaputte Fenster hinaus ins Freie, kehrten zurück in die Draußenwelt und das Leben, das sie dort geführt hatten. Währenddessen begann es zu dämmern und nach der langen, dunklen Nacht ging die Sonne auf.

Titus wandte sich an seine Familie. »Dorthin will ich«, sagte er. »Dorthin gehöre ich.«

»Aber du und deine Freunde, ihr habt uns gerettet«, sagte Julius. »Du bist jetzt das Familienoberhaupt. Du kannst doch jetzt nicht weggehen.«

Titus lächelte seinen Bruder an. »Ich denke, vielleicht wird es langsam Zeit, dass es kein Familienoberhaupt mehr gibt«, sagte er. »Es muss doch eine bessere Möglichkeit geben, die Dinge zu regeln.«

»Zeig sie uns, Titus«, sagte Jasmine.

»Ich werde euch zeigen, wie man jagt, wie man kämpft und in der Draußenwelt lebt – wenn ihr mit mir mitkommt.«

Er blickte in die Runde seiner Familie. Einer nach dem anderen senkte den Kopf. Aber Titus fühlte sich nicht mehr allein. Er fühlte sich frei.

»Titus, danke, dass du uns gerettet hast«, sagte Vater Tatz. »Du hattest Recht, was den Fremden anging. Und wir haben uns geirrt, was deine Freunde angeht. Wir haben uns in vielen Dingen geirrt. Aber wir können nicht mit dir in die Draußenwelt gehen. Jedenfalls jetzt noch nicht.«

»Wann immer du uns brauchst«, sagte Mutter Tatz, »sind wir hier.«

»Ich verstehe«, sagte Titus. Und in diesem Moment, vielleicht zum allerersten Mal in seinem Leben, tat er es wirklich.

Sie sagten sich Lebewohl. Titus drehte sich um nach Holly und Tam.

»Und, wollt ihr jetzt in eine Gang eintreten?«, sagte er. Tam nickte grinsend.

»Es gibt nur eine Gang, in der ich sein möchte«, sagte Holly. »Und das ist unsere.«

»Cludge auch!«, bellte der große Hund.

Cludge trug sie hinaus. Und während sie davonzogen, lachten und unterhielten sich die Freunde über die Dinge, die sie erlebt hatten und noch erleben würden. Viele der Katzen, die sie aus dem Käfig befreit hatten, folgten ihnen, als wären sie die Anführer einer Gang.

So viel lag vor ihnen. Und alles war nun möglich.

Es war ein wunderschöner Morgen. Der Boden schmückte sich mit Tautropfen. Die Luft war frisch und sauber. Und oben am klaren blauen Himmel erhob sich die Sonne mit dem Versprechen eines neuen Tages, und ihr Licht fiel auf die große Welt, strahlend bernsteinfarben wie die Augen von Titus Tatz.